Jesu Java.

致 徘徊在
時間邊緣的　你

香港作家
鄺俊宇

　　崩井的文字從來都是如此有溫度的，在我們本來已經荊棘滿途的青春裡，崩井的文字總是能及時贈你一些溫暖。擅於從生活裡的零碎畫面找到溫度的人，往往也是觀察力入微的人，正因如此，崩井的文字作品能觸動香港與台灣兩地的讀者朋友，原因很簡單，他是由心而發的寫，偶爾在你需要讀一段文字的時候，他正好用文字陪伴你。

　　何謂需要「讀一段文字的時候」？其實讀文字的時候，或許是我們跟心裡的另一個自己對話，一些想不通的苦惱、一些難以決定的抉擇，這時候，我們往往都需要力量。然而你需要的並不是說明書，而是一個能疏理好愁緒的自己。

　　讀一段文字，是讓你與自己好好相處的時間。而崩井的文字，也正好在這時候發揮作用。

　　願時間善待我們的不期而遇。
　　我們總能跟更好的自己相遇。

創作人
泰先生 | 崔聖哲

　　淺白的文字，形容出細膩的深切情感，崩井的文章有讓人思考和反省的能力，能給人一些新的看感情的角度。

書法設計工作者
畫字

情趨真，愈趨美

認識崩井，是從一次合作開始。多年前經朋友介紹，得知一位網絡作家希望找一個會寫書法的人，為他書寫文章句子，結果大家一拍即合。他寫文，我寫字，這段經歷成為畫字初創作時的愉快回憶。

同為九十後，崩井給我很大的空間發揮，猶記得崩井在雅虎刊登的第一篇文章，在句子「可以相視而望，發現對方，許是我們最大的緣分」中，我把「相」「視」兩字的目寫成一雙對望的眼，加深文句意思。崩井的文字意象鮮明，我很容易透過書法把它們「畫」出來，也奠定了我日後的創作風格。

我和崩井開始於合作關係，之後一直以創作者身分互勉。隨著大家先後投身社會，各有際遇與瓶頸，幸多年後的今日，崩井仍在寫文，我仍在寫字。唯一不同的是，崩井寫的情，愈趨真，愈趨美。

　│ 願時間善待我們的不期而遇

現今世代人人說情，在我而言，崩井的文字有兩個優點，值得讀者閱讀。

　　第一，以自身經歷說情。我認識崩井本人，但我每每發覺，比起與他見面，透過他寫的文字更能了解這位朋友。他追求 PS 的經歷，本身就是一部長篇小說，加上他年紀輕輕，就已有不少人生閱歷（幸亦不幸），也為他的文字帶來一分真摯。閱讀崩井的文章，不似略過一陣風，卻像積了一層雲，如果你的天空剛巧有點灰，或許會下一場雨，但再讀下一篇，窩心的情節又會令你「道是無晴卻有晴」。

　　第二，從文學角度寫情。或許因為從中文教學出身，崩井對用字用句，甚為講究。曾經有次跟崩井討論，是否需要在文章引用名言佳句，因為我認為崩井自己也寫得出來。後來一位朋友閱讀崩井著作後，覺得從中學到不少文學句子和概念，這是同類作品中少有的。在情感共鳴當中，加上教育意義，或許已是作為中文老師的崩井，一個獨特的風格。

　　一直覺得崩井最拿手的不是散文，而是小說。可惜在社交網絡，字數多的文章每每使讀者「太長，不閱」，加上寫小說需要的心力比散文多得多，所以粉絲如我一直盼而不得。喜聞新書會有較長篇的新作，期待閱讀崩井新的故事。

作者序

　　睽違三年，我終於復出了。

　　這段期間，我經歷了一些使人失落的變故，也經歷了一些微妙的人生轉變。粗略地舉幾個例子吧：因為教育上的意興闌珊，我轉了工作地點；因為惡疾纏身，我幾乎放棄了創作；因為意識到生命無常，我跟最愛的女人訂了婚期，希望在餘生儘可能多給她一點溫暖。

　　其實這本書原應在前年出版的，但我實在是心有餘而力不足呢。幸好，亮光文化的社長非但沒有遺棄我，而且給了我非常充裕的時間，因此這本書才沒有胎死腹中。對此，我時常為喜歡我文字的讀者感到十分抱歉。這三年來，每一次你們私訊向我查詢新書的動向時，我都支吾以對，只說還在努力中，其實我只是在自欺欺人。

　　真的，對不起。

但這一次，我不會辜負你們的期待。我甚至可以說，至今為止，這本書是我最滿意的作品。

　　在人生路上，越是經歷得多，我越是感受到時間的張力。這種張力在拉扯著我人生的同時，也擴張著我文字的脈絡，使其更為龐雜多彩。更神奇的是，我發現，在某些時段，只要我能放下所有生活中的纏累，暫停感知時間的流逝，安靜地注視自己的生命，我的靈魂就好像能夠脫離某些神秘的限制，將我的意念和情感轉換成樸實卻細膩的文字（雖然這樣的經歷不多）。

　　校稿時，回看書中的某些文字，我竟然一點印象都沒有，那不像是正常狀態下的我可以寫出來的。但我很喜歡。至於書中的哪些篇章、哪些段落，是由「我的靈魂」書寫的？我相信你願意細味的話，一定會讀得出分別來，也一定會喜歡那些文字（感覺有點自大了）。

這本書記錄了我人生中的各個剖面，也收錄了一些我聽過的故事。有別於以往，我將這本書的基調設定為溫柔的、暖和的，相信你從書名、封面設計也可以感受出來。我有此意，是因為在跨越生死邊緣後，我覺得生命中許多的擁有，都變得更加美好，同時，我對這個世界有了更多的留戀——我希望你也得著同樣的暖意。

　　但願時間可以善待我們人生中的每一場不期而遇，使我們在聚聚散散的過程中，不乏恩典，不乏愛。

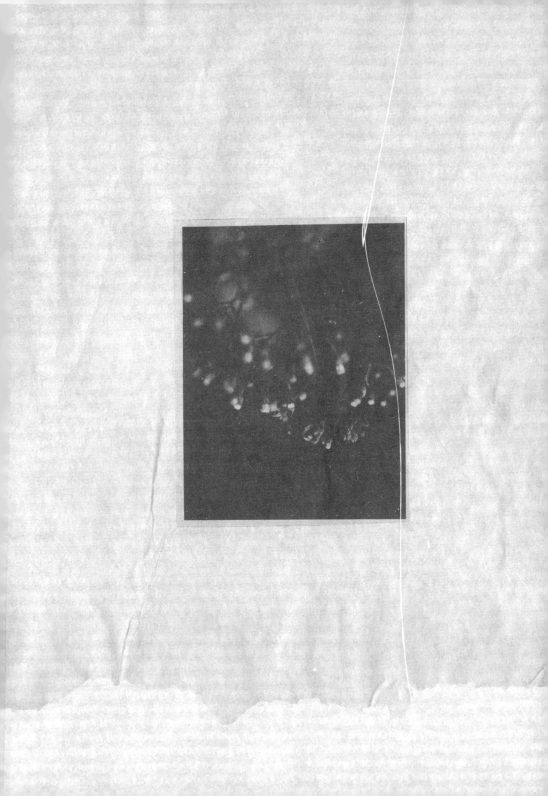

chapter one

放在心上

chapter two

不安全感

content

放在心上

我們擁抱著，哭了不知多久。
雖然一定有很多人經過看見，
但我們的心中只有對方，其他人的目光，算甚麼呢。

不完美的情人

　　《派特的幸福劇本》中有一句非常動人的對白：「我不需要多麼完美的愛情，我只需要有一個人永遠不會放棄我。」我們無法辨別那個永遠不會放棄自己的人是誰，但一個不會放棄我們的人，至少會是一個樂意陪伴我們度過生活中最無聊的時刻的人。

　　在村上春樹寫的《挪威的森林》中，有一個很不完美，但卻對愛情忠貞的角色——阿綠。

　　男主角渡邊徹和阿綠是在大學中相識的。那時的阿綠雖然行跡古怪，但她清麗脫俗的外貌和直率的性情，足以讓渡邊徹有些微的心動。某個晚上，阿綠邀請渡邊徹到她家，他們在天台上遠望著一場火災時，渡邊徹情不自禁且莫名其妙地跟阿綠接吻了。雖然書中說渡邊徹對此一吻不明所以，只覺得「事情應該這樣發生」，但既然他們自然而然地覺得「應該這樣」，難道二人就不是動了真情嗎？

我最喜歡阿綠的，是她對愛情的執著。碰見火災時，渡邊徹在天台上問過她，是否想要一份完美的愛情。她說：「也不是。我沒有資格要求那樣。我追求的是一種單純的真情，一種完美的真情。比方說，現在我跟你說我想吃草莓蛋糕，你就丟下一切，跑去為我買！然後喘著氣回來對我說：『阿綠！你看！草莓蛋糕！』放到我面前。但是我會說：『哼！我現在不想吃啦！』然後就把蛋糕從窗子丟出去。我要的愛情是這樣的。」

　　渡邊徹質疑這跟愛情是兩回事。阿綠卻不以為然，她補充說：「我希望對方會說：『知道了！阿綠，我知道啦。我應該早曉得你不會想吃草莓蛋糕，我真是笨得像驢子一樣不用大腦。』」

　　她最後說：「如果他這樣對我，那我一定會死心塌地愛他囉！」

這就是阿綠的愛情觀。

你可能跟渡邊徹一樣，對於這種愛情摸不著頭腦，甚至覺得它不切實際。但箇中道理其實很簡單——無非就是重視、包容和記心：

在你最需要人關懷的時候，當一個人願意為你放下一切，只求討你喜悅，並竭盡所能地為你奔波，這便是重視；在你三心兩意的時候，仍然體貼入微，不怨不罵，並繼續討你歡心，這便是包容；在你作出錯誤選擇後，可以馬上憑你們以往相處的經驗辨別出來，並且替你作出更好的選擇，這便是記心。

這種愛情是從生活上的一些很瑣細的事情萌芽的，經不起那些現實生活中極其沉悶的相處，它永遠不會茁壯成長。如果一段愛情容納不下這些「無聊」的元素，那樣的愛情才是真正的不切實際。

阿綠其實還挺「自私」的，因為她擁有著難以掩藏的佔有慾。儘管她願意在渡邊徹仍然深愛著直子時，一直守在他身邊，期待他有朝會愛上自己。但關於那個他們真正相愛時刻，她認為是絕對輕率不得的。她所等待的，是

專一的愛情。她要全然佔據渡邊徹，假如他仍然想念著另一個女人，她寧願繼續孤獨地等下去。正如她說：「不過你要我的時候，只能要我一個。而且抱我的時候只能想我噢。」

有人說愛情應該是無私的。我不反對。但我認為那樣的「無私」，只限於在與情人分享自己擁有的東西時。如果從另一個角度去看，愛情應該是「自私」的。因為我們都「自私」到想完全佔據情人的一切——不論是肉體上，還是精神上。

如果你想找一個永遠不會離開你的愛人，那麼不妨從生活中最平凡的時刻開始觀察，留意哪一個人，能夠與你忍受得住沉悶的日子，甚至樂在其中，並且自私地想要佔有你每天的一句早晨，一句晚安。

我心胸狹窄啊

二零一一年九月十二日，我第一次向 PS 表白。

其實，我早已迷戀她了。常常圍繞著她瞎轉，做過不少又可笑，又愚蠢的事情。那天，當秋天翩然而至，一份不知從哪來的信心，突然讓我相信她一定會接受我的心意。於是我花了兩個星期創作了一首歌，將它嵌進一段表白短片中。在九月十二日晚上，我鼓起勇氣，將短片傳送給她。

確定她看完後，我再致電親口跟她告白。她拒絕了我。這些青春的烙印，很痛，也很美。

事隔多年，舊事重提，我問她當年有沒有半點心動的感覺。她說我很有創意，但自己全不動心。她不可能理解，我在她的漫不經心下，不知飽受過多少的煎熬。愛情就是這樣，不論你的愛多深多濃，只要對方無心，你便是自作

多情。凡是理性的朋友，都不會支持你勉強下去。

　　然而，蹉跎了四年多，我們終究還是在一起了。而且轉眼已經一起過了五個年頭。

　　這五年來，關於我們的愛情，怎麼說也稱不上波瀾壯闊。我們只是依循著最普通的愛情軌跡，一步一步地走過來。途中經跨的「難關」，當時真的令我們痛心疾首；但回首一看，大多的事情都變得好像沒甚麼大不了的。

　　「還記得嗎？五年前的今天，我第一次跟你表白。」我跟 PS 說。二零一六年的某個晚上，我們吃完晚飯，慢步走到尖沙咀鐘樓附近閒逛。本來想要到海旁吹吹晚風，可惜「星光大道」正在翻新，暫停開放。

　　「五年了？」她滿臉盡是驚疑。

「你不會忘了吧？」我問。

「不會啊！」她羞答答地笑說。她的笑容直到如今仍然讓我迷醉。說實在的，就算她忘了，我也不會怪她。畢竟，當年的她根本沒有把我放在心上啊。

就在她答應當我女朋友的那一瞬，我心裡立了一個誓約：我一定要把她放在心上的第一位，永遠不能把她撇下。可是，自從找到老師這份工作以後，我的生活產生了巨大的變化。雖然我仍然遊走在熟悉的校園環境之中，但身份不同，生活節奏也完全不同了。我不但對這樣的生活感到陌生，有時，我還會感到厭倦。難得有空了，我只想放空自己，沉醉在網絡或電玩世界，很少計劃如何陪伴那個我最愛的女人。

在不知不覺間，我冷落了 PS。雖然她很少抱怨，就算說起，也只是用不太介懷的語氣去說。但我還是很清楚現實的情況，我真的辜負了她，無法完全守住自己的諾言。

直到一個星期六，她興高采烈地約我外出，我卻說想留在家中休息。她終於生氣了，氣足一整天。就在那一夜，我做了一個夢。

在夢中，我站在一名女子面前。她拿著一本小說，嫻靜地坐在陽台前的藤椅上。在意識上，我非常肯定她就是「我的情人」。在斜陽的映照下，我走近了她，彎身輕吻了她的額頭，然後望著她的雙眼，誠誠懇懇地說：「我愛你。」她放下書本，站起身來，靠在我的胸膛，柔聲地說：「我也是。」

突然，有一把聲音憑空傳來：「她，並不是 PS。」

我生硬地抱著那名女子，心裡卻滿是罪惡感。接著，我又莫名其妙地得悉一個「事實」，就是 PS 已經離開了我，她已經不再愛我了（幸好這只是一場夢）。

就在那刻，我懷中的那個女子如同旭日下的晨霧般慢慢消散。在完全消失前，她留下了一句話：「你愛的，不是我吧。」她一說完，我的腦袋就像被重物擊中一樣，我整個人都僵住了，動彈不得，只能哭泣，哭得連心都痛起來。

然後我便流著眼淚醒了。醒來後，我拭去眼淚，整個腦海只有一個念頭：除了 PS，我已經無法愛上別人了。

後來，我跟 PS 說起這個夢，她聽後噗嗤一笑，說：「我怎會捨得不要你呢？」她又輕輕地捏著我的耳垂，說：「反而是你啊，就算做夢，也不准愛上其他女生啊！知道嗎？」聽她這麼說，我心裡既自責，又幸福滿滿。

　　我「啊啊」地叫起來，裝作很痛，說：「沒辦法，誰叫我心胸狹窄啊，心房只能放下你一個人。」

感謝你的出現

　　從第一次表白計算起，我花了四年多時間去追求 PS。幾番轉折，我成功了。

　　但是，她內斂的性格讓我很長的一段時間都覺得她並沒有很愛我，接受我也不過是抱著「試試看」的心態罷了。後來回想，是我太自卑了。

　　不像一般情侶，我們在戀愛一年以後，仍然像剛開始一段感情一樣。幾乎每隔三四天，PS 就會到九龍塘鐵路站大堂內等我下班。好幾天她要等我三十分鐘以上。我試過勸她先回家，但她總是說：「沒關係。」後來我才意識到，她很害怕我愛工作多於她。

　　PS 比我早兩年畢業。在我畢業以前，一直都是（還在追求她的）我等她下課、等她下班。現在我們的角色對調了。對於「被等待」這件事情，我心裡摻雜著幸福感和

愧疚感。幸福的是，有一個人在期待著自己的出現；愧疚的是，我無法早一點出現，要讓她拖著一整天的疲憊等我……

二零一五年九月二十九日，在喧鬧的人海中，我從遠處便看見她站在老地方靜待著我。為了快點走近她，我一邊道歉，一邊擠開途人，就像一隻急著挖洞的地鼠一樣。好不容易擠到她的身旁，我甚麼話都沒說，只是吻了她的額頭，希望表達心裡的一份甜蜜的謝意。

她羞答答地跟我説：「謝謝你。」

我有點兒莫名其妙，因為我甚麼特別的事情都沒有做。我問她，她説：「這是一種感覺，不是因為你做了甚麼事情啊。」

她歪著腦袋想了想，接著説：「就算你現在忙了很多，陪伴我的時間少了，但那種『謝謝你』的感覺仍然實實在在地存於我的心裡。因為我清晰地感受到，你還是很努力地維繫著這段感情。或者只是閒時的幾個短訊，或者只是偶然的一通電話，或者只是天氣變化時的提醒，或者只是擁抱時的力度，或者只是仍然會時常在我耳邊説愛我……

　　　　｜ 願時間善待我們的不期而遇 ＿＿＿＿＿＿

還有很多很多，即使算不上很大的犧牲，但我都很珍惜，很珍惜。」

聽見素來含蓄的她說出心底話後，我感動得眼眶都熱了。她一定想了很久，鼓起了很大的勇氣，才能說出這段話來。原來她不是讀不懂別人的溫柔，也不是對身邊人毫不上心，她只是默默地把別人對她的關愛藏進心底。

這天以後，那種實在的「謝謝你」的感覺，也在我心裡泛起。我終於可以肯定，她也是深深地愛著我的。

P.S. 謝謝你。真的。

絕交吧

　　最好的朋友，就算吵架了，也能在不可思議的一個瞬間，不問原因地，和好如初。

　　放復活節前夕的一個下課時間，四乙班的兩名班長走來教員室跟我「舉報」，説小俊要跟所有朋友絕交。作為班主任，我當然得處理，還要即時處理，令事情顯得很嚴重，以杜絕其他學生「有樣學樣」的慣性行為。

　　急步走上學校的舊翼二樓，還有十步才走到課室門口，又有另外數個學生跑出來包圍著我，似乎又發生了甚麼「大案件」──

　　一個説小俊剛才一直在抓狂，又用髒話罵人，又説要跟所有人絕交；一個説小俊怒罵全班最瘦弱的小鈞，罵得小鈞大哭起來；還有幾個在一旁瞪大雙眼，像啄木鳥般不斷點頭，似乎想表示事態已發展到非常嚴峻的地步，不能

　　　　　　　　｜　願時間善待我們的不期而遇　_____

再拖延半秒。

　　我先擺出一副震驚而憤怒的表情，然後請學生讓路，接著加快腳步趕進課室，處理這項像山洪暴發一樣危險的災難。一進到課室，只見小俊已經站黑板前自罰，眼睛通紅，滿臉淚痕，雙手還緊握著拳頭。怪可憐的。

　　被專業人士標定為「過度活躍」的他，早已習慣同學們的投訴和老師的責罰。這回，他應該是知道自己把事情弄大了，一定沒有好下場，所以索性在任何一位老師趕到前，當眾自首。他是聰明的，一定記得我曾經對他說過：「做錯不要緊，最要緊的是認錯」。

　　由於課室太吵鬧（畢竟還是小息啊），加上過來「訴訟」的學生有增無減，我只好走到教師桌前，按響了我特別為四乙班購置的「安靜鈴」（沒有學生希望我按到第三

次，因為沒有學生希望下一個小息變成無聲的閱讀課）。安靜多了，不錯，學乖了。然後我走到小俊面前，聽他自辯。

根據各人的「口供」，我總算了解真相了。

像小俊這種幾乎每天都惹是生非的學生，班裡沒有多少人願意跟他交朋友。別說交朋友，就是分組討論時湊上他，也會擺出一副很倒楣的樣子。即使如此，班裡還是有一個學生願意跟他交好，那就是小鈞。

小鈞是一個口直心快的孩子。但因為他不懂得把心裡話藏著，所以很容易得罪別人。在班裡，跟阿俊一樣，也是飽受排斥的孩子。大概因著同病相憐，他們自從某一次換座位坐在一起後，便成了難兄難弟。

在下課時間前的英文課，小俊如常地「惹事」，黃老師在再三警告後，照例地罰他坐到班房最後的那個空位——四乙班的學生把那兒叫做「監牢」。坐在「監牢」前一排的小佳和阿曦趁老師在黑板寫字時，一起扭頭，向小俊做鬼臉，又輕聲用英語嘲諷他，說：「You are a prisoner！」小俊是個性情中人，眼見受辱，馬上破口大

｜ 願時間善待我們的不期而遇 ＿＿＿＿＿

罵，還說要他們絕交——雖然小佳和阿曦從來沒有把小俊視為朋友。

黃老師查明事件後，先安撫了小俊，並警告其他同學不要再惹小俊的氣。在下課前，黃老師想給小俊、小佳和阿曦一點小懲大誡，就叫他們站起來，想要考問他們一些課堂上教過的英語文法問題，並說：「答不來的話，就回家把課本第三十頁抄一遍吧。」

黃老師先問了小俊，小俊四處張望，希望得著救援，但卻沒有人「出口相助」，他也只得認栽。到小佳和阿曦了，聽見問題，他們起初也啞口無言，但他們很快就得到幫忙，坐在附近的同學都在小聲地洩露答案——包括小鈞。坐在「監牢」的小俊把這件事看在眼內，然後氣進心裡。

下課時間的鐘聲響起了。黃老師離開課室不久，小俊便握緊拳頭，怒不可遏地走到小鈞面前，質問他為何不幫助自己，為何要出賣自己，幫助自己的「仇人」。其實小鈞並沒想那麼多，只因為那個英語問題他懂得回答，所以他才「多嘴」。但小俊怒火中燒，完全無法接受小鈞的解釋，於是繼續喝罵他，又說了些不堪入耳的話，最後說要跟他絕交。

當自己最要好的朋友都不諒解自己，任誰也無法冷靜下來。小俊在憤怒中哭了；小鈞也在一種無力感的覆蓋下哭了。

　　聽完小俊的自辯，我靠近小俊，小聲跟他說：「傻瓜，你是害怕小鈞不再當你是好朋友吧。」尾音一停，小俊便哭得更厲害了。我任由他哭，然後對著全班厲聲說：「看！我已經警告他了！還有人要投訴嗎？」大概九成學生都認為我真的罵哭了他。我保持嚴肅，環視全班，最後定睛望著小佳和阿曦——他們立刻把腰板挺直——說：「我希望同學能夠互相尊重，不要惹別人生氣。明白了嗎？」

　　放學時，我先叫其他學生離開班房，留下了小俊和小鈞。我跟他們說：「你們知道嗎——好朋友是非常難得的。你們可以想想，讀到四年級了，你們能夠找到多少個真心的好朋友？」

　　小俊望了小鈞一眼，笑著說：「我就只有他一個朋友了。」他的語調中帶點無奈，但又帶點幸福感。這兩種情感竟然可以融合得那麼自然。

　　小鈞一聽見，就「嘿嘿」地笑了起來，笑得傻乎乎的。

　　　　　　　｜ 願時間善待我們的不期而遇 ＿＿＿＿＿＿

我好奇地問：「你們不是絕交了嗎？」

小鈞天真地說：「沒有啊。」

小俊說：「我們在下課後就好起來了。」

哈，看來是我多事了。

不許你走得太遠

二零一七年二月三日，PS 跟親人去了芬蘭旅行。直到情人節的前一天，她才回到香港。

一位朋友打趣地跟我說，她是趕回來跟我過「懲人節」（粵語懲跟情同音）的，我始終逃不開這一劫。我報以一笑，唱起《默》中的歌詞：「掙不脫，逃不過。」心裡卻很是期待——好像她已經離開了我很久很久一樣。

不知道從何時起，即使跟她有一些很短暫的分離，我都會感到很難過。心裡還總會冒出一種毫無根據的預感，覺得一些不幸的事情會隨即出現，所有的幸福都會隨著她一瞬的轉身驟然崩潰。

我以為只有我有這種感覺，但原來她也一樣；而且，她所感受到的難過似乎比我更深一重。

在天各一方的日子裡，由於她的行程緊密，晚上回旅館梳洗後通常都累得倒頭就睡，我們只透過視訊軟體通過一晚電話（只是報平安的那些通話，就不計算在內了）。那一晚，她說了很多在芬蘭遇上的趣事，芬蘭的景色、生活、文化都讓她流連忘返；但是，沒有我在身邊，她總覺得再美的遇見，都帶著一種不滿足感。

　　然後，她又提起，近來每當想到自從我畢業並當上老師以後，總是忙於工作，沒有時間陪伴她，不再像以往一樣，可以常常等她下班，送她回家，她便覺得很失落了。無論是在芬蘭，還是在香港，或遠、或近，沒有我的陪伴，她都一樣難過。我稍稍安慰了她一下，又說了一些心裡話，試著讓她知道，在沒有她的城市裡，我也活得很空虛呢。

　　情人節那天我們重逢了。那是在地鐵站內，很多情侶牽著手，互相依傍著同行，不時還能看見一些男士或女士

捧著鮮花走過。一束束豔麗的鮮花，為這城市添上了浪漫的色彩。

原以為，跟 PS 再見的那一刻，她會像以往一樣小鳥依人地纏著我的手臂。沒想到，她卻異常冷漠。我一直在想自己做錯了甚麼，但又想不出個所以來，感到十分懊惱。

我嘗試牽她的小手，但她縮手了。後來我裝作握住一件物品在手心，伸出拳頭，問她：「你可以幫我接住它嗎？」待她伸出手，攤開手掌，我便馬上化拳為掌，緊緊地握著她。她終於笑了，但眼裡很快又流露傷感，並用力甩開了我的手。這讓我更為難受。我心裡想，這不會真的成了「懲人節」吧？哈。

我也是後來才知道的，她並不是真的冷漠，她只是太想念我了，希望我主動一點，多花點時間和心思哄她。但因為她不懂得表達，我又不明白她的心思，所以她才會那麼彆扭。

從粉嶺乘搭火車外出期間，我們都沒有甚麼說話。到了旺角東站，我們下車了。在那個昏暗的列車隧道裡，我們從車頭走向連接著車站大堂的電梯。我們低著頭，走得

很慢很慢，直到身邊的乘客都上了電梯，我們還在地道裡緩緩地走著。

　　突然間，我憋不住了！我強硬地把她拉到一旁，近乎粗暴地緊抱著她。她使勁掙扎了一陣子，我仍然牢牢地把她抱緊（還好這時還沒有人在附近啊）。然後，我們都哭了。她在我的懷裡顫抖著，柔弱地跟我說：「對不起。」

　　我輕輕地撫摸著她柔順的髮絲，任性地說：「你這傻瓜！以後不許你離開我太遠了，不許你再離開我那麼久了，不許你再讓我那麼掛念你了……這陣子沒有常常聯絡你，沒有常常陪伴你，你一定覺得很孤單，很難受了。真的很對不起啊……」我們擁抱著，哭了不知多久。雖然一定有很多人經過看見，但我們的心中只有對方，其他人的目光，算甚麼呢。

愛之語

每隔一段時間，M便會和T提出要求，說想要收禮物。

初時T還可以接受，但長久下來，他便覺得有點困擾了。在一次朋友聚會中，他跟我們抱怨，沒想到她是那麼「物質主義」的。我們聽聞後，都覺得面對一個很喜歡收禮物的「公主」，其實也挺累人的。

一位朋友笑說：「如果時常要費盡心思去弄來一份禮物，精神和金錢壓力一定都非同小可。」這時，T才補充說：「其實一些小禮物就可以滿足她了，例如她喜歡的小零食，她想看的電影的門票，都可以令她很開心。」我們白了T一眼。甚麼啊，她的「公主病」根本沒那麼嚴重嘛。

另一位閱讀頗多的朋友說：「我最近看了一本叫《愛之語》的書，那作者說，其實每個人都有一套主要的愛情語言。」他慢條斯理地解釋說：「『愛之語』可以分為五種，

分別是：肯定的言詞、接受禮物、服務的行動、精心的時刻以及身體的接觸。要摸索出情人最喜歡哪一種語言，就得靠我們的觀察和感悟了。」

他朝著 T 繼續說：「用你的例子來說，M 最重視的『愛之語』應該就是接受禮物了。但就算收到微不足道的小禮物，她也心滿意足，那麼她更深一層的愛情語言，可能就是渴望你時常的掛牽。」

看 T 疑惑的樣子，他似乎仍然不太明白。所以我補充說：「她啊，其實只是想你觀察和記住她平常的愛好，無論你身在何處，也要想起她，並且對她毫不吝嗇，願意時常花點小錢，買些她喜歡的小玩意、零食，哄她開心。明白了吧？」

無論你身在何處，
我都希望你能想起我。

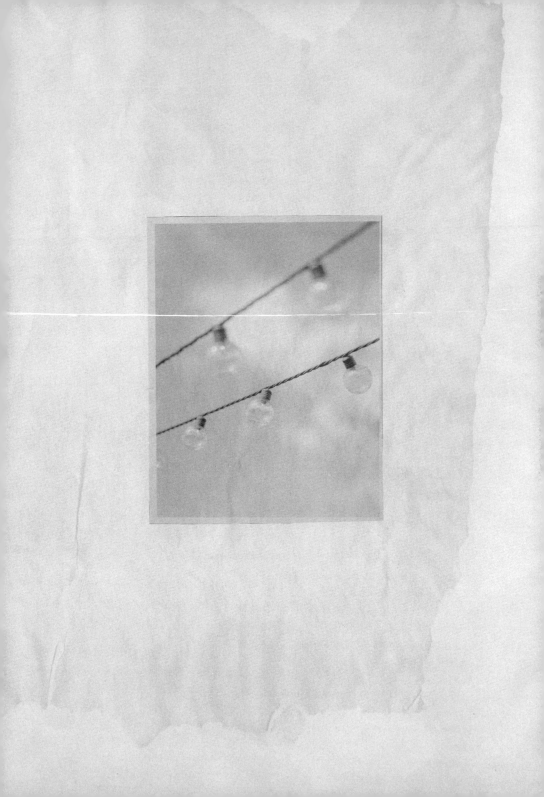

不安全感

真正屬於你的愛情，還在遠方等著你呢。
你有勇氣放下現在的糾纏不清，
去追逐未來的細水長流嗎？

夢中的循環

　　曾經深信不疑一件事：只要我們一直珍惜著最重要的人，到了失去那天，我們也不會過於難受。可是，當我找到自己真正重視的人時，我的心裡，多了一份難以掩藏的傷感——即使我仍然握緊著她。

　　有一天，因為獲公司指派外出接受培訓的關係，PS 早了下班。她說很想念我，便乘了很長的車程去我工作的地點附近等我下班（感覺她真的等了我很多次，似乎比我以往等她的次數更多呢）。我在學校一邊批改課業，一邊心急地等待時間流逝。學校規定的放工時間一到，我便將部分尚未批改的課業塞進背囊，匆忙離去。

　　到了 PS 所說的地點，只見她低著頭，站在地鐵站的一角。我從她身後悄悄地挪近，然後用雙臂纏著她的腰，溫柔地抱著她。她輕輕推開我，說人太多，會好害羞。我笑她是個傻瓜，又說：「情侶就該這樣啊！」

我牽著她走了一陣子，想買盒飲品，就走進了一間便利店。她在店外等我。那是下班時間，人來人往的，大多數人都疲累得木無表情。我見她似乎也心事重重，便想跟她開個玩笑。於是乘著混亂，趁她不備，竄進人海，悄悄地轉到她身後的大石柱，偷看她的反應。

　　隔了一陣子，她果然急了。

　　她引著頸左右不見我，於是起身走進擠擁的便利店，又鑽出來，慌張地四處張望。突然，她站著一動不動，像個找不到家人的小孩一樣哭了起來。我以為她裝哭撒嬌，要引我出來。趕上前一看，她竟然真的哭了。我這不是跟自己開了個玩笑嗎⋯⋯

　　「都怪你！」她拍了我的胸膛一下，輕嗔薄怒地說：「你去了哪裡，嚇死我了⋯⋯」想不到她的反應會這麼大，

我措手不及得像被點了穴似的。她接著說：「不要突然消失！就算是開玩笑也不行！」後來好不容易終於哄回她了。我再三細問才知道，真正挑動她情緒的，是她前夜做的一個夢。

PS 說：「那是一片彷彿沒有邊際的大草原，所有的草都染上了秋天的顏色，我還嗅到晚秋獨有的味道。那裡給了我一種無法忍受的孤獨感。我一直跑，希望能遇見一個人，認識也好，不認識也好，總之有一個人出現便好。然而，我連一個活物都找不到。

正害怕得想哭的時候，我發現遠處隱約浮現一棵高聳入雲的枯樹。時間急速流逝，那棵樹越來越清晰了。我還看見，樹底的一塊板根上坐著一個人，那個人一直在向我揮手，也不知揮了多久。我急忙地朝那個人走近，膽怯的心終於有點定下來。走近了才發現，那是一名陌生的老婦。說陌生，但又有點似曾相識的感覺。

『您好。您知道這是哪兒嗎？』我問。

『你也不知道嗎……』老婦似乎很失望地說。

『那麼，您是在找我嗎？』我又問。

『我也不知道，但我覺得，我應該要跟你道別了。』說完後，老婦便憑空消失了。這個冷清的世界，再次剩下我一個人。

　　我坐在枯樹的一塊板根上，淒淒地望著天空，過了不知多久，就在我明確知道的最後一滴眼淚落下的剎那，我看見遠處出現一名年輕的女子。於是我竭力地向那名女子招手。那名年輕女子也飛快地向我走近。當年輕的女子走近，我心裡想：我好像認識她，但我想不起她是誰。

　　『您好。您知道這是哪兒嗎？』那年輕的女子禮貌地問我。

　　『你也不知道嗎……』我失望地說。

　　『那麼，您是在找我嗎？』年輕的女子又問。

　　『我也不知道，但我覺得，我應該要跟你道別了。』我說完後，霎眼間，眼前的一切開始像被吸進一個旋渦般扭曲、縮小，然後我便從夢中驚醒了。」

　　聽 PS 描述完自己的夢，我心中也有些發毛。

「你説，這夢怪不怪？」PS 問我。

「怪，很怪。你發現嗎，那是一個循環。」我説。

「怎麼説？」她問。

「不是嗎，在那個夢中，你除了是你，你還是那名
老婦，你也是那個年輕的女子。然而，你們誰都無法真正
地依靠誰，在自以為尋找靠依後，你們都馬上失去那個靠
依。」我嘗試解釋説。

「所以這個夢象徵了甚麼？」她追問我。

「欸⋯⋯」我遲疑地應道：「大概你很害怕失去一直
所依賴著的人吧？」

她思索了一會兒，説：「那麼對了，」她語帶不安地
説：「我最近經常在想，我真的很害怕失去你。你知道嗎，
失去你的話，我一定比在夢中的自己，更感到無依無靠。」

我摸摸她的頭，又用雙臂纏著她的腰，將她擁抱入懷。
她不知道的是，我也很害怕有朝失去她呢。

失去你的話，我一定比迷失自己，
更感到無依無靠。

太溫暖的我

　　曖昧是一種不穩定，卻又令人難以自拔的愛情狀態。有些人急著要突破這個階段，有些人沉迷於中，還有些人，因為不願意自己的情緒被另一個人時常牽動，所以選擇逃避。

　　追求 PS 的那些年，每當我們那曖昧的關係快將昇華，她都會莫名其妙地跟我疏離。那段日子，面對著她的冷漠，我有時真的十分灰心。她說自己看過一段文字：「太溫暖的東西都不能靠得太近，例如火。」我也看過，接著說：「還有我，對吧。」她點頭，默默無語。

　　幸好的是，每一次她疏遠我後，再隔大約一個月的冷卻期，她便會重新接受我的追求。這是一個很奇怪的循環，我們的關係會回到很久很久以前的狀態，覺得對方熟悉卻又陌生，曖昧卻又難以靠近，像兩個在幼兒中心不期而遇的嬰孩，彼此害怕，卻又會遲疑地慢慢地靠近。

有一次，我的心情太糟糕，於是在她回家必經的車站等她下班。果然等到她，我編了個藉口說是剛好經過，沒想到會遇上，她很單純地相信了。我們住得很近，所以就順理成章地一起回家了。

　　你相信緣分嗎？我也相信。但我認為，這世上許多的緣分，都是一些有心人精心設計的。

　　在車途中，我們肩並肩地坐著。我坐得很僵直，心裡怕她識穿我的進取，卻又很想她知道我的深情。我也忘了哪來的勇氣，讓我跟她說出了心底話，我說：「你知道嗎？每一次跟你走得近一點，你便離開我，這讓我很難受，甚至一次比一次難受。你究竟想怎麼樣？」

　　我知道自己不應該怪責她，只是忍不住心裡的難受，嘆一口氣，再說：「其實愛情可以很簡單啊！你喜歡我，

信任我，就接受我吧；相反的話，就直接拒絕我吧！不用勉強跟我來往，也不要將就。再不然，你還未預備好，那你就坦白說啊。只要你喜歡我，等多久也沒關係！你知道嗎？我實在不清楚自己在你心中算甚麼啊……」

　　我試圖把愛情簡單化，讓純真的她可以作出一個決定。她卻垂著頭，默默無語。

　　下車後，我們安靜地走在昏暗的燈光下。這份寧靜為我帶來的，是濃濃的悔意。我不應該催逼她的。其實只要能夠與她偶然相對，我也是心滿意足了。再者，如果她拒絕了我，難道我就真的可以放手嗎？

　　走到她居住的國宅附近，路上的行人寥寥無幾，比夜空中的星星更為零落，她這才回覆說：「再給我一點時間，可以嗎？」

　　在愛情裡，男人通常都是「數目分明」的，渴想得到一個「準確的答案」。但女人卻截然不同，她們通常追求一種心動的感覺。這樣說吧，那也許是一種被需要的感覺，也許是一種被愛慕的感覺，也許是一種被寵溺的感覺，又也許是一種被守護的感覺，只要感覺對了，她們的心便動了。

最矛盾的是，她們的內心又像一艘漂浮在茫茫海洋上的小船，充斥著不安全感。所以，任何存在太多不定因素的關係昇華，她們都會可免則免，以防一直私享著的感覺，受到不可預計的搖撼。

後來在一起了我才知道，她當年這樣說，並非在婉轉地拒絕我，也不是存心要考驗我對她的情意。她只是覺得愛情的幸福感太過虛無縹緲，彷彿蕎地經風一吹，便會隨風而去。她害怕一時的幸福，會成了一世的傷痕。這種患得患失的心情，就是讓她卻步的主因。

她還說：「我害怕現在跟你見得太多，你會對我日久生厭呢。」

我輕笑著說她傻，又說：「怎會呢，我只想日日夜夜與你一起浪費時光。」與此同時，我心裡也有點傷感。畢竟說到底，還是我給不了她穩妥的安全感啊。愧疚地，直到五年多以後的今天，她的內心仍然時常因為我而躁動不安。看來，我還得多加努力，才可以讓她安心呢。

等待也是一種愛的方式

許多人都不明白，明明自己在各方面都早已預備好了，但為何還是遇不上合意的對象，於是他們躊躇不安，繼而怨天尤人，日子久了，還會自怨自艾。再後來，三種情緒交纏，就更加難受了。

去年 4 月 1 日早上，友人 L 興奮地在我們的好友 WhatsApp 群組內公佈喜訊，說自己終於「出 Pool」（脫離單身），並上載了一張女生相片。相中人雖不算國色天香，但也十分清麗秀美。

群組內的好友接二連三地表示驚訝，然後道賀。有人說：「何時請吃『出 Pool 飯』（一種非正式的香港年青人傳統）？」又有人打趣說：「越美的女生越危險啊，你得小心啦！」還有一人認真地說：「你們認識了多久？怎麼沒聽你提起過？好像太突然了。有了解清楚雙方的性格、喜好嗎？別太亂來啊。記得寧缺勿濫。不然的話，看你這麼痴情，日後傷心的只會是你。」

L 沒有逐一回應，只是道謝了便默不作聲。

　　後來友人 R 說：「真的嗎？今天可是愚人節啊，哈哈。」L 才發了幾個笑到流淚的表情符號，說：「愚人節快樂！」也只有 L 還會「重視」這個小節日。你不發現嗎？人長大了，對於節日也就沒那麼上心了。

　　其實我也被 L 騙了。我很清楚，他一直很期待愛情的來臨，而且他條件不錯，身邊也不乏女性朋友，突然拍了拖，也是合情合理啊。

　　想起我們那麼真誠地祝福他，這卻只是一場小惡作劇，我心有不甘，揶揄他說：「噢！真沒想到你會拿自己的人生缺憾來開玩笑啊。」他似乎也不甘示弱，說：「甚麼『缺憾』？別說得我沒有女朋友不行似的！」我看著手機，「噗」的一笑，回了他幾個大笑表情符號。

好朋友就是能互相譏諷嘲笑，而不傷感情的人。

後來，L 私下打電話給我，跟我說心事。他說：「不知不覺間，原來我已經單身了九年。你老實跟我說，其實我的條件是不是真的那麼差……」我一口否定了，並說他其實是其中一個我最敬重的朋友。我聽他的語氣將信將疑，所以又詳細說明了理據，可惜他還是對自己沒有太多自信。

我反問他：「也許是你要求太高了吧？」

這九年之中，L 首四年始終對於上一任的情人念念不忘，所以即使遇見了好的女生，也沒打算追求，只把她們當作朋友。他說，這是他對前一段愛情的悼念。到了第五年，他總算把回憶埋葬了，開始積極工作、進修、健身，裝備自己成為一個更好的情人。然而，縱然身邊很多條件不錯的女生，他卻一直找不到最適合自己的。

宮崎駿的《神隱少女》中有這一句對白：「我已經準備好了足夠擋雨的傘，可是卻遲遲沒有等到雨的到來。」L 正是這樣的一個「未雨綢繆」的人，正期待著一場遲來的雨。

我這樣問 L：「其實你在等待一個怎樣的女生？」

他很有自信地回答：「我也不清楚啊。但我知道，只要『她』出現了，我一定會有一種『啊！就是她！』的感覺。」

他又說：「等待一個理想的情人，真的不容易啊。真羨慕你耶！」我沒有否認，相對於他，我的「等待期」確實算不上長。一時三刻，我無言以對。

隔了一陣子，我說：「等待，也是一種愛的方式吧。在遇見之前，你便可以預先愛著她了。也許，『她』也正在守候著你的出現呢。」

「等待也是一種愛的方式。」他點著頭說：「不錯，我喜歡這句話。」

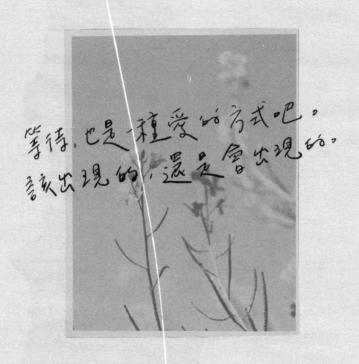

等待，也是一種愛的方式吧。
該出現的，還是會出現的。

等你下課

　　每逢秋天臨到，我都會想起當初追求 PS 的片段——我就是在秋天向她表白的。

　　那時還是大學生，時間怎樣浪費都不覺得奢侈。某個微涼的週五黃昏，我從香港大學的宿舍回家。中途忽然想起她晚上有課，上完也會回家，我心裡便想：我們住得近，如果可以一起走，這段漫長而無聊的車程，將會變成浪漫而幸福的。

　　雖然也猶豫了好一陣子，畢竟這麼一等便蹉跎一個晚上了，但輾轉還是到達了她就讀的香港理工大學。一踏進校園，我便四處張望，想著也許會碰見她。不知道你是否跟我一樣，單是與心上人處於同一個區域，內心也會有點小激動；就算明知不會碰上，心裡還是會存著一絲僥倖，盼望一場不期而遇。

那一晚，清涼的空氣沁著一種寂寞感，夜空萬里無雲，但在這個燈火通明的城市之上，只有寥寥數點星光與世無爭地閃亮著。直到我察覺到星光的位置轉移了，兩小時便過去了。青春裡的等待，過程再乏味也好，心裡還是歡愉的。沒有甚麼比即將可以見到自己的意中人更讓人激動。

　　嗯，等一個人下課，真的很青春啊。

　　又隔了一陣子，等到她（原本）快要下課時，我才用短訊跟她說：「Hi！我剛好路過理大，一起走吧？」隔了十分鐘，猜想過萬千個她婉拒的藉口，她終於回覆，說：「不用等了。教授晚下課。」那時，就算心裡有數，但這樣的理由充分的拒絕，仍然使我的心像被利刀削掉一塊。當你愛上一個人，她所有的拒絕——不論是否合情合理——也會使你飽受折磨。

　　愛情，也是一種劇毒吧。

　　然而，我還是決定等下去。我原本是打算不告訴她的，只是默默地等，然後遠遠地尾隨著她，目送她回家便好了。但這樣似乎太變態了，而且，我很想她知道我有多麼的在乎她，願意等待她。隔了一陣子，我再傳了個短訊告訴她：

　　　　　　　願時間善待我們的不期而遇 _____

「不要緊，我剛剛好也要先去附近買點東西。幸好你晚了下課！你下課再告訴我吧。」

你知道嗎？這世上許多的「緣分」、「剛剛好」，都是人為的，不管是有心還是無意。

「啊，反正等了那麼久嘛，」我嘗試自我安慰：「就多等一會兒吧！」

「說不定，她會因為我的等待而受到感動呢！」我又想。

半小時過去了，她還是沒有回覆。

「她不會有甚麼意外吧……」我擔心。

「算了，還是走吧……」這句話在腦海出現了很多遍，但我還是沒有離去。

當距離她上次回覆一個半小時後，風起了，夜更涼了。抬頭一望，倒是多了一兩顆小星星，也是悠然地閃著的，不知是無情，還是不敢動情。一個人孤獨起來，周遭的一

切都彷彿蓋上了一層傷感，就是眼前飄落一片樹葉，那也是離情，也是別緒。正如三毛在《簡單》一文所説：「我們過分看重他人在自己生命裡的參與。於是，孤獨不再美好，失去了他人，我們惶惑不安。」

終於，我離去了。

我在車廂內坐下的同一瞬間，我為她特設的短訊鈴聲響了，她終於回覆了。我先閉起眼睛盡心盡意地祈禱，接著指尖一滑，只見她覆道：「啊！我沒看到你的訊息……」

很快，鈴聲又響起，她説：「我回到家了。謝謝你。你也回家了吧？」

我實在氣得不想回覆，雖然我根本沒有正當的理由去生她的氣。最後，我欺騙了她，説：「哈哈，見你沒回覆，我逛完街便回家了！晚安。」

我的這一聲毫不自然的晚安，帶著失望，帶著失落，也預示著一場失眠。

玻璃心

我們都活在一個心靈特別容易受傷的時代。

這個時代充滿騷動。透過網路，大量繁雜的資訊和躁動的聲音無時無刻在擾亂我們的心。也許為了尋求公義，也許為了追貼時事，也許為了探求知識，也許為了獲取娛樂，我們的心長期處於一泓混濁的潭水中，很難得到寧靜的時刻，好好安躺，好好讓積存的傷口癒合。於是，外界輕微的觸碰（甚至是無惡意的），也可以使我們敏感的心遭受痛擊。

有次我在 IG 發了一段話，大意是叫人要好好珍惜當下擁有的一切，因為珍惜過，就算失去了，那一切也可以成為動人的回憶。發表不久，有位女讀者傳私訊來責備我，說我不了解她的心情，還直斥我寫的東西「太單純」。她又說已經很珍惜和前男朋友的關係，但當他的心變冷了，她過去所有的「珍惜」根本毫無意義，那些年的回憶，又怎能稱得上「動人」呢？

我心想：她憑甚麼說我不了解她的心情呢？我自問也是一個用情很深的人呢。不過，她又沒說自己的詳細情況，說我不了解，也似乎合理。但想著想著，我還是覺得自己無端受她的氣，真的很無辜。我發的帖也又沒有指名道姓，也沒有針對她，她的玻璃心怎麼突然就碎了呢？

　　於是我氣憤地回覆，說：「珍惜我們所擁有的人，又怎會是錯的呢？又怎會是毫無意義的呢？難道因為受過傷，或者終將會受傷，我們就要把所有的關係看得很輕很輕，甚至撇清嗎？再深入問一句，難道真的沒有人再值得我們為之而受傷嗎？」

　　我後來還將這段話發佈出來，作為一種回擊的手段。

　　她似乎不想辯論，說：「你怎麼就不明白我呢？你連一個小讀者的心情都不明白，你憑甚麼當一個作家呢？」我冷冷地回覆，說：「那你以後不要再看我的文字就好了。」然後她就沒有再回應了。

　　過了一段日子，在為這本書整理書稿的時候，我重新看到這個貼文。一看見，我就笑了。我笑自己的心實在太脆弱了，太敏感了，太不懂溫柔了。那個女讀者是對的，

　　　　　│　願時間善待我們的不期而遇 _____

我真的不理解她當時的心情。或許她當時根本不是想向我投訴，不是想攻擊我的文字，她只是心裡太痛了，想找一個樹洞宣洩，在吶喊中渴望著得到一把渺茫的安慰人心的回音。

沒想到，我竟然是一個藏著黑蜂巢的樹洞。

後來，我傳了個私訊給她，為那天的一時意氣道歉了。只是，她再也沒有回覆我了。

P.S. 如果有天，「你」看見了這篇文章，希望「你」能接受我的歉意：真對不起啊。

失落沙洲的小精靈

「我不是一定要你回來

只是當又一個人看海

回頭才發現你不在

留下我迂迴的徘徊」

—— 徐佳瑩《失落沙洲》

每一首打動人心的歌曲背後，都一定含著一段淒美的故事。

有「唱作精靈」之稱的徐佳瑩在創作《失落沙洲》之前，也經歷過一場苦澀的戀情。如果沒有記錯，她第一次公開演唱《失落沙洲》，是在《超級星光大道 3》總決賽的舞台上，那時候，台灣的朋友大概都很清楚她和李伯恩這個負心漢的舊事。但創作這首歌的時候，她想著的，是另一個男人。

據說青春時期的徐佳瑩，感情上也受過一次重傷。那時年輕，在戀愛裡，她很習慣把「分手」二字掛於嘴邊。每當發現對方開始冷淡，自己心裡缺乏安全感，她便會主動提出分手。但她並非真的想分手，她只是害怕對方不再那麼愛自己，她只是想博取他的關注，她實在想不出更好的辦法了。而且，她相信他一定會說「不」，然後更用力地擁抱她、哄回她。

　　某一天，那個男生突然說出了要去遠行的計劃，這讓徐佳瑩覺得自己將會被遺棄，所以她又習慣地提出了分手。可是，這一回，那個男生沒有挽留，他反而趁機分手。即使徐佳瑩在他面前哭哭啼啼，他也無動於衷。他說，他已經厭倦了她的眼淚。

　　畢竟是少女，那一次她受的傷實在太重了。但也正是在那段日子，她在眼淚中創作了《失落沙洲》這首歌。

說實話，我不清楚這個故事是網路謠傳，是穿鑿附會，還是徐佳瑩自身真實的故事，只是，如果這段苦痛的戀情是真的，那麼，《失落沙洲》這首歌的歌詞，就變得容易解讀多了。

為甚麼徐佳瑩要去「港口」那兒「看海」？為甚麼她想乘「輕舟」去「尋找失落的沙洲」？為甚麼連「海闊天空」也能夠感動她？那是因為，她在想念著一個遠行的旅人。歌詞的意境就似《詩經‧蒹葭》中的一句「所謂伊人，在水一方」——渴望尋見，一切卻又虛無縹緲。

她曾經朝思暮想的那個男生，到底越洋去到了哪一個城市？他在海的一角天的一方，到底過著怎樣的生活？「回憶」越是「翻開」得多，虛想越是構思得多，她便越是泥足深陷，難以自拔。

她總是「一個人」重重複複來回海旁，總是「一個人」在回憶中「徘徊」不前。也許她還想過，那個男生，會在某天她看海的時候，剛好出現在她的視線內，站在船的甲板上，向她揮手。

她並不是一定要他回來，只是，沒有了他，她的心中，永遠都擱著一片無法填寫的空白。

　　從少女時期開始，徐佳瑩就是那麼一個深情的小精靈。

　　大概許多在愛情中受盡煎熬的人，也很希望自己有一份突如其來的勇氣，讓他們可以在意中人離開自己時，坦白說出所有的感受。怒吼也好，嚎啕大哭也好，儀態盡喪也好，只要能夠像河岸決堤一樣吶喊一遍，說出最後一番情詞懇切的挽留辭，那便好了。

　　但是，大多的人都得不著那樣的勇氣。他們只能抑壓著情緒，默默地，用無人擦拭的眼淚，悼念那個離開的人。正如《失落沙洲》的 MV 所呈現的畫面一樣，在徐佳瑩心中，「他」離開了，就等於「他」去世了。

只是意氣話嗎

「好了！你不要再發脾氣了！好不好？」他說：「你聽我說，那個男人是真的──」

「我有發脾氣嗎？」她截斷了他的話，用非常不滿意的語氣說：「我再說一次！人家已經有女朋友了！他也知道我有未婚夫！他才不像你的思想那麼骯髒呢！」

「我骯髒？哈，真好笑！」他用譏諷的語氣說；「是你太單純了吧！你說啊，如果他對你沒有企圖，他怎麼會那麼殷勤？他送你生日禮物啊！哈，你竟然蠢到還真的收了！」

她用力地打了他的胸膛一下，說：「欸！你這種說話的口吻真的好賤耶！不就一份小禮物嗎？」

「你這不是在發脾氣嗎？」他說。

「找碴兒！」她説：「只是你覺得啊！我根本沒有！」

他嗤的一笑。

聽見他這麼一笑，她心裡的怒火就像澆上了油一樣。她憤怒地罵道：「你這思想骯髒的遜男！矮冬瓜！死王八！」她頓一頓，本想收口，但又不罵不快，喝道：「臭禿子！」

「你⋯⋯你罵甚麼都行，」他説：「但你明知道我最討厭別人説我禿，你還要這樣攻擊我！你這⋯⋯」

「甚麼？有種你説啊！」她想要氣他，繼續説：「我就喜歡罵！臭禿子！你拿我怎麼樣！」

「唉！」他深深地嘆了口氣，搖搖頭，憤怒得想一拳打向旁邊的牆。

「怎麼？說話啊！」她喝道：「要我說的話，你跟阿怡才有一腿吧！怎樣？我說穿了吧！」

阿怡跟他是青梅竹馬，他們之間有著一份跟家人一樣的感情，這是她知道的，但怒火讓她失去了理智；聽見眼前這個女人如此羞辱他的「家人」，他終於忍不住了，一字一頓地說：

「臭！婊！子！」

三字噴出，就像三顆子彈，射中她的心臟。她啞口無言了。其實也不是無話想說，只是她的心難受得像被繩子拴緊了一樣，於是就說不出話來了。

一段關係如果失去了信任，還可以失去甚麼呢？誰能肯定，一個人在憤怒時所說的狠話，不是他真實的想法呢？

她紅著眼，咬著牙，覺得很委屈。傷感從中溢出，她便掩著臉嗚嗚地哭了，哭得臉兒都扭曲地擠在一起，像一個受驚的嬰兒一樣。

她哭了，他也閉口了。

　　這是他們之間的小約定。她是那種很好勝，很少在人前哭的女生。她曾經跟他說過，如果有天，她在他面前哭了，他一定要靜下來，不要再說話，直到她哭完了，就緊緊地抱住她。這樣，她應該便會原諒他了。

　　他記得她的話，所以遞上了兩張紙巾，然後就靜靜地等待一個與她和好如初的時機。

　　在這個零時十分的夜裡，他只聽見她的哭泣聲、擤鼻涕的聲音，還有屋子外的公路上偶爾傳來的車聲，空氣中瀰漫一種莫名的冷。看見她哭得那麼淒楚，他知道自己一時意氣說錯了話，心裡十分懊悔。

　　其實他也覺得很委屈。他是男人，他很清楚，一個男人時常私下聯絡一個女人，還在特別的日子送禮，那麼他一定是「不懷好意」了。她又不是第一次遇上這種狂蜂浪蝶，為甚麼她就是不相信他呢？突然，一個念頭出現在他的腦海：難道她也喜歡上那個該死的賤男了嗎？

在這個他們合租的小房子的客廳中，他們面對面地站著，但誰也沒有看著誰。

四個月前，在討論未來時，她說希望他們在兩年後結婚，結婚以後先享受二人世界的生活三年，然後視乎情況，再決定要不要生一個小寶寶。

他一口答應，還在隔天請了病假，秘密地佈置了客廳，預備了一頓豐富的西式晚餐。待她回家進門時，他在她面前單膝下跪，說了一番稚拙但很感動她的話，最後掏出了一隻買了很久的求婚戒指，戴在她左手的中指上。

那一天，剛好是他們拍拖的七週年紀念日。

但這一刻，猜疑，動搖了他們幸福的未來。

隔了不知多久，她終於哭完了，冷冷地說：「你還有甚麼話要說嗎？」

「對不起，」雖然他仍未擺平心中的委屈，但他還是道歉了：「我的語氣重了。我知道，你說的也只是意氣話

而已吧。」接著，他展開雙臂，同時向前踏出一步，想要抱她入懷。

　　她退後半步，用左手擋住他，說：「我們分手吧。」

一場空

近來重讀《倚天屠龍記》時，對這一段印象尤深：

「（郭襄）想到楊過，心頭又即鬱郁，這三年來到處尋尋覓覓，始終落得個冷冷清清……她心頭早已千百遍的想過了：其實，我便是找到了他，那又怎地？還不是重添相思，徒增煩惱？他所以悄然遠引，也還不是為了我好？但明知那是鏡花水月一場空，我卻又不能不想，不能不找。」

最後郭襄還是沒有重遇楊過，縱然創立了名震一時的峨嵋派，還是單思至老，含恨而終。

陷進愛情圈套的人，經常有矛盾的想法，譬如明知有些人不應該愛，不應該想，不應該往來，但卻難以自制。他們會千方百計地說服自己，說：「愛是沒有罪的。其實我也只想要留在他的身邊，只要我不影響到他人便好了吧。」

他們嘴裡這麼說，可是關於甚麼是對，甚麼是錯，他們其實早就了然於心。他們只是因著對愛情的渴望，摒棄了自己的價值觀，毫無保留地獻身其中。天長地久也好，鏡花水月也好，他們已經無法回頭了。

有一位讀友曾跟我分享過她的故事，她就像郭襄一樣，愛上了一個心有所屬的男人——

＊ ＊ ＊

我知道這是很糟糕的事情。我愛上了一個有婦之夫。

不瞞你說，我其實有一個很「穩定」的情人。姑且喚他 T。只是，四年五年過去了，T 好像越來越輕視我們的愛情。面對著他，我越來越覺得自己根本沒那麼重要。他可以因為朋友突然的邀約，而取消我們的約會，並說：「我

們每天都能見，你也不用太在乎啦！」他也可以為了手機遊戲裡的節日活動，而跟我約會時，只看著手機，對我愛理不理的，還說：「這活動的獎勵很難得，你不會介意吧？」

我在乎極了！我介意極了！反倒是他，似乎已經不太在乎我的感受。

三個月前，我遇上了 M。有別於 T 的冷淡，M 是一個面對著我時，只專注於我的男人。他的眼神總是情深款款的，讓我覺得自己備受重視。

初時，我對 M 實在沒甚麼好感。至少，他那一副悶騷男的相貌真的不太討好我。因為工作關係，我要在他的公司待一個星期，在短期內見得挺頻密的，但我們的交流只限於工作的層面。

反而在一個星期的工作期快要結束了，我們才建立了感情。

那是一個風和日麗的早晨。因為要趕著完成工作報告，我比平時早了一小時上班。沒想到，在巴士站裡，我碰見了 M。他剛好也早了上班。更讓我意想不到的是，M

竟然跟我住在同一區。他後來說，他是最近才搬到附近租住的。

那時看見他，我覺得很是懊惱。誰想一大早便要應酬客戶啊？我心裡祈求他不要走近。但他還是從巴士隊伍的前頭走到我的身後，溫和地跟我問好。我禮貌地回應。

車來了，我們並列而坐。安靜了不知多久，車途好不容易過了一半，他突然開口跟我說話。這時候，跟他真正地聊起天來（不是談公事），我才發現他不但見多識廣，而且風趣幽默，為人也很紳士。在餘下的不到半個小時的車程裡，我們幾乎沒有停止過對話。

最讓我們驚喜的是，他竟然是我國中的學長。可是我進學校時，他剛好畢業了，因此才沒有遇見過。我們「相認」的那一刻，當真有「他鄉遇故知」的奇妙感覺。

興奮歸興奮，回到了公司，我們的關係幾乎是在瞬間變回很陌生、很商業。我深明這都市的潛規則，但不知怎的，還是有點傷感。我心裡想著：這是我最後一天在這裡工作了，難得認識了一個朋友，我應該主動跟他拿私人的聯絡資料嗎？但我還是沒有。

不過，下班的時候，M 突然喚住了我，提著公事包走近，問我介不介意跟他一起乘車回家。我取笑他說：「你還真是色膽包天！一開口便要約一個女生回家。」說完我也覺得害羞了，只聽得他回應說：「你才色膽包天啦，一想便想到那裡去！」然後我們都「噗」的笑了出來。

　　那一晚，我們 add 了對方的 Facebook。他還送了我回家，直送到我的樓下。最後他溫柔地說：「真高興能認識你，你給我的感覺真特別。」但從那天起，我們便保持了緊密的聯絡。

　　每一次跟 M 聊天，或是傳訊息，或是打電話，我都覺得很甜蜜。我幾乎以為我這一輩子都不會感受到這種甜蜜的感覺了。遺憾的是，我們之間存在著兩個很嚴重的問題：我有一個穩定的男朋友；而更糟糕的是，他有老婆。

　　這兩個事實，我和 M 都是知道的。

　　有一個晚上，M 在電話裡跟我說，他的老婆因為追求職位上的晉升，所以到了英國讀大學進修，順利的話，也要一年多後才回來。他一開始還是語氣平淡地說，但當說起他們之間的不和，說起跟她一起進修的同事以前曾是她的追求者，說著說著，他竟然在電話裡大哭了起來……

於是，我約了他外出。我努力說服自己，這只是出於對朋友的關心……

而他竟然大膽地說：「要來我家嗎？」

我心迷意亂了好一陣子，也不知事情怎麼發生，眼前的畫面亂七八糟的飛閃而過，待自己冷靜下來後，我才意識到事情有多麼嚴重──

我們上床了。

這不是我們的原意。至少不是我的原意。

我是說真的，我一直只拿 M 當朋友看待，從來沒有動過歪念。好吧，我老實一點，我曾經想過，如果他是我的男伴，那我的生活一定會很美滿。不過我平日裡是很理性的，屬於很明白甚麼是可能，甚麼是不可能的那類人。你懂吧？

但當那一夜過後，我們的關係便嚴重地扭曲了。我們幾乎每個星期都發生性行為。直到我寫信給你的前一晚，我們還是上床了。

他似乎在我的靈魂和肉體上都施了魔咒。這樣說好像太誇張了，但現實就是那樣。不論是回到了本身的工作場所，是回到了 T 的懷內，還是再次回到了教會（我已經好幾年沒回過教會了，你也是基督徒吧，希望你會諒解），我還是無法控制自己的思念。

不論面對 T，還是面對神，我都覺得很慚愧。

記得你在你的書作《我們總是無法好好說再見》中，曾經引過三毛的一段話——「每想你一次，天上飄落一粒沙，從此形成了撒哈拉。每想你一次，天上就掉下一滴水，於是形成了太平洋。」

我現在的內心，正正就是有一座撒哈拉和一整個太平洋擱在那兒。那感覺真的很難受，我真無法剷除那座沙漠和那個海洋。

我曾經問過 M 願不願意為了我而跟老婆離婚。他沒有回應。但從他眼裡一閃即逝的憂傷可以看得出，他根本不願意離婚。而我，可能只是他的救生圈。

我不是不明白，可是我實在放不下啊。為了跟他保持偶然的片刻的曖昧相處，我還是願意犧牲另一些重要的東西。

崩井啊，你說，我應該怎麼做才好？

＊＊＊

我沒有這樣的經驗，但對於愛情，我有一份執著，有一些底線，所以我這樣回答了這位讀友——

你好啊，先多謝你毫無保留地跟我說了你的情況。這一定很不簡單，你的心情也一定仍然很複雜吧。

對於你的情況，作為旁觀者，我會勸你狠心一點，直接離開那兩個男人。對，兩個都離開吧。雖然你對他們的真情是無庸置疑的，但他們對你的愛意卻很可疑啊。

先說那個 T 先生，他可以為了朋友而失你的約，為了手機遊戲的獎勵而置你於不顧，這樣的男人根本不值得託付終身吧。當然，如果他的朋友確實有急事，而且他因為玩手機而不理你的程度不算嚴重的話，那還是情有可原的。但就你所說的，似乎並非如此吧。

深愛著你的人，一定不會輕易拋下你啊。他會把你放在生命的首位。或許他未必能時常隨傳隨到，但可能的話，

他一定會先照顧你的感受。很明顯，T 先生並沒有那麼重視你，也沒有那麼愛你。

另外，那個 M 先生似乎也挺有問題。我認為你也真的很理性，在這樣的情迷意亂的狀態下，仍然辨識到一個「可能」：他只把你當作「救生圈」。你知道嗎？一個男人在消沉的時候，很容易放縱自己的情慾；而且，在醉意大盛的情況下，真的可能會做出很多違背自己良心的事情（但這也不可能是隨處拈花惹草的理由。）

我不排除他對你是有意思的。但那不是單純的愛情，那並不能永遠地滿足你。當他的老婆回心轉意，或者當他恍然大悟，醒過來，意識到自己做的事情太卑劣的時候，他應該會毫不猶豫地離開你吧。畢竟，所謂的救生圈，就是當一個人得救後，就不再需要的東西啊。

他最愛的，還是他的老婆而已。不對，也許他最愛的，只是他自己。他享受一時的縱慾，多於與你建立的親密關係（我指靈魂上），你只是他一時肉體軟弱的毒品。

請容許我同時直接說，其實，你很大程度上，也同樣地把他看作「救生圈」罷了。

你之前的感情生活太空虛了，這使你的內心充滿了對生活的不滿，以至於因嫉成恨。你想要重拾愛情的感覺，可惜你又沒有足夠的勇氣離開 T 先生。直到 M 先生這麼一個滿是魅力的男人出現，而你們又似乎「情投意合」，你可能便想藉此發洩情慾。

　　當然，這是我的猜測而已，請原諒我的直接（我相信你想聽真心話），希望不會令你難過。

　　能看得出，你也是有道德底線的人。至少你意識到對情人不忠與當第三者是不對的。但你也實在是泥足深陷了。在愛情裡，不一定要投放長年累月的感情才「泥足深陷」，有時只需要電光火石間的心靈觸撞，你便可以深陷進一段愛情當中。何況，後來加上肉體的快感，你就更難以自拔了。

　　認清楚吧，這絕對不是你理想中的愛情。你們終究會傷害自己和身邊人。所以，趁著你還有一點理智，趁著你未至於犯下更嚴重的錯誤（這世界沒有百分百的避孕方法），爽快一點，離開這兩個令你難受的男人吧。

　　真正屬於你的愛情，還在遠方等著你呢。你有勇氣放下現在的糾纏不清，去追逐未來的細水長流嗎？

3 ————— chapter
three

需要勇氣

總有一個人，當他出現，
我們的保護衣便會不由自主地脫落。
我們任何的偽裝、勉強，在他面前都形同虛設。

你是我最美好的缺憾

　　不知多久沒有因為看電影而哭了，但最近看完《生命中的美好缺憾》後，我的淚水就像決堤的洪水，滾滾而來。其中最打動我的，是 Gus 對 Hazel 的堅定不移，以至於明知終有一日會受傷，他仍然毫不在意。

　　女主角 Hazel 自小患有甲狀腺癌，後來癌病擴散到肺部，可謂命在旦夕。在人生最低谷的時候，她在「青少年癌友互助小組」的聚會中認識了男主角 Gus──一個曾經為了清除骨肉瘤而截去右腿的少年。在分享期間，二人偶然四目交投，因這一瞥，愛情，不期而至。

　　深厚的感情需要時間去累積，但愛情只需要一眼便能綻放。

　　然而，面對 Gus 的追求，Hazel 感到十分憂慮，這種憂慮源於她的體貼入微。她是一個情感細膩的女生，很清

楚自己的癌症已經為父母帶來了很多痛苦，面對死亡的逼近，她實在無法讓多一個愛自己的人受傷。她認為自己就是一個計時炸彈，隨時會爆炸，到時，她會傷害身邊每一個人。於是她拒絕了 Gus。

　　還好 Gus 沒有輕言放棄，他說了一句值得深思的話：「活在世上，會不會受傷，你沒得選，但要受到誰傷害，你還是有選擇權的。」他自信滿滿地接著說：「我已經愛上你了，Hazel Grace。我了解愛情終將消逝，無法避免地遺忘於世，但我還是愛你。你所有的拒絕，都沒有作用。」

　　聽到這段話，Hazel 明顯心軟了，當她再次嘗試婉拒時，Gus 深情地說：「我不在乎一切，能因為你而心碎將是我的榮幸。」看到這裡我就忍不住哭了。我們都害怕受傷，忍受不住心碎的痛苦，然而，愛情卻像止痛劑一樣使人堅強，可以抵受許多的煎熬。

前陣子，在一個同事聚餐中，聽到 T 先生分享他求婚的過程。他詳細地把過程敍述出來，使我們有如親眼見證一樣，我們都感受到他對這段婚姻的熱切。但他卻説：「其實我並不想那麼早結婚，甚至想過，索性不結婚好了。」他解釋説，因為婚禮的籌備過於複雜，雙方家庭都非常「守舊」，太多繁文縟節要顧及，精神壓力定必相當沉重，加上對於「相見好同住難」的憂慮，使他深信婚姻是「愛情的墳墓」。

　　我們等不及地追問，是甚麼讓他「回心轉意」，在求婚不久後便預訂婚宴酒席。他一本正經地回答：「因為我真的愛她啊！我寧願痛，也不寧願後悔。」

　　他接著説：「許多人在説出承諾時，根本不了解自己在承諾甚麼，這是個問題啊！不過，不論他們明不明白，如果他們真心相愛，愛情還是會給予他們足夠的力量，讓他們信守不渝。好了，就算日後我們之間真的出現很多問題，我仍是會覺得，有資格陪伴她一起承受那些難過的日子，也是一種莫大的榮幸。」

　　沒想到平日吊兒郎當的他，竟然是一位暖男啊。但我取笑了他，説：「天啊！甚麼墳墓，甚麼問題，甚麼難過的日子啊？你到底有多害怕婚後的生活啊？」

只有你能讓我自由自在

　　很多人都習慣地穿上一層保護衣，明明軟弱得不行，在人面前也要擺擺樣子。我不會怪這樣的人，因為我也是這樣的人。從小開始，我們在校園裡便要學懂堅強，但凡是過度軟弱的人，是一定吃虧的。

　　慣著慣著，我們可能連自己都給自己騙了。正如最近身體不適，決定去診所檢查。檢驗前，跟朋友說起時，我都氣定神閒地說沒事、不怕，我還真以為自己不怕。誰知到了診所，在診斷病況的儀器前，我怯得全身上下都控制不了地顫抖。醫生問我是否害怕，我說，只是太冷。

　　但總有一個人，當他出現，我們的保護衣便會不由自主地脫落。我們任何的偽裝、勉強，在他面前都形同虛設。他，一眼便能看見我們內心最軟弱的那片土壤。一般而言，當我跟好友提起自己的病況，他們都會看我的回應而給反應，我說不害怕，他們亦全然當真。

只有 M，當我跟他説我壓根兒不怕時，他仍然按著我的肩，為我禱告，説求主耶穌賜我真正的平安，挪去我所有的恐懼。那時我心裡感到懊惱，有點「被冒犯」的感覺。我不是説了自己不怕嗎，為何他還要這樣子為我禱告呢。直到醫生替我診斷病況時，膽怯的我才了解那次禱告的重要性。

　　雖然在他面前有時會覺得自己像赤裸了一樣感到羞愧，但有了他，我才有了一面可以認清自己的明鏡。在他面前，我才真正地談笑自若，活得自在。想一想，你也有你的明鏡嗎？

你不先放下自己，
又如何擁抱別人呢？

伸出手

　　第一次看顧漫的《何以笙簫默》是大一的時候，那時我看到的是憂鬱。我越看越不明白，兩個有情人為何要那麼彆扭，受制於諸多的猜忌和誤會。與其那麼辛苦，何不灑脫一點，做個一了百了的決定？幾年後的一個週末，我把書本重新刷了一遍，大概因為閱歷多了，我這才明白多了些甚麼。

　　我以往那所謂的「灑脫一點」，在何以琛和趙默笙眼中是一道鴻溝。他們不是沒有努力過嘗試修補關係，在愛情的牽扯下，他們甚至毫無抵抗力，總是禁不住就一步一步走近對方。只不過，他們之間的恩怨和誤會都太深了。而且，七年的相隔，也讓飽經社會消磨的他們難以純粹地愛著對方。就算對方的心意赤裸裸地顯現眼前，殘酷的過去，還是讓他們像兩隻被捕獸器的鐵齒咬緊的野兔一樣，無法跨越那「一點」。

　　書中有一句話：「世上最痛苦的事，不是我無能為力，而是當一切都觸手可及，我卻不願伸出手去。」而這裡說的「不願」，並不是「不願意」，而是「因為深愛，所以不能」。有些距離，再努力也是無法收窄的。

但不是所有的距離，都那麼殘酷。

每天下班我都會經過同一個公園。有個傍晚，我看見一男一女並肩坐在一條長鐵凳子上，默然無語。我剛好想散一下步，便緩慢地沿著公園的環迴步行徑走了兩個圈。每一次看向鐵凳子那邊，他們都還是好像兩磚悲涼的石像，文風不動。我走遠了，再回頭看時，才看見那女人提著手袋，擺著長裙，獨自走了，頭也不回；而那個穿著西裝的男人則垂著頭，似乎在哭。

我以為這就是他們的結局。大概你也會這樣想吧。

就在我回身離去的那個瞬間，那個男人竟然大喊了一聲，像是喊了一個名字。我馬上回頭，只見他連公事包也沒有拿，像韓劇的男主角一樣奔跑起來，展開雙臂，從後將那個女人深擁入懷。隔了一會兒，大概是櫻花從樹上飄落的時間吧，她轉過身來，將小頭顱堆在他的懷中。他們緊緊地擁抱著，像我最初看見他們時一樣，再次化為兩磚石像。只是，他們這時給人的感覺幸福多了。

這個世界上許多分離者之間的距離，都不是無法收窄的。可惜的是，他們沒有一方願意放下自尊，伸出手去。我們不先放下自己，又如何擁抱別人呢？

溫柔的人，
心裡始終留著一個位置，
給一個傷得自己很深，很深的人。

溫柔的人心裡始終留著一個位置

　　Ｙ是我的舊同學，偶然在回家的車途中碰見她，我們便一起走了。她問我：「你介意聽我說一個故事嗎？」我說：「我最喜歡聽故事了。」然後她便告訴我，她最近談戀愛了，現任男朋友，也是她的前度男朋友。第一次是她追他的；這一次是他倒過來追她的。

　　這個故事的開頭不錯，我懷著期待聽下去。

　　她說：「我們曾經談過三個月的『地下情』。那同樣是我們的初戀。當時，是我主動追求他的。男追女，隔重山；女追男，隔層紗，這是真的！只是沒想到，三個月後，他居然因為始終不太習慣生活裡多了一個人，覺得責任太過沉重，害怕自己最後會辜負了我，常想長痛不如短痛，所以便跟我分手了。」

　　我心裡想：這是他的藉口吧？

她繼續說：「我身邊知情的朋友都說他很奇怪，又說那是藉口。畢竟他那時升大一了，一定認識了很多條件很好的女生。其實我也很心痛，很懷疑，但我還是原諒他了。你知道嗎？嘴裡說接受他的離去，答應他不再想念他，說起來是非常容易的。但要徹底地放下他，我卻無能為力……分手以後，我覺得自己心裡缺失了點甚麼，時常都很掛念他呢。」

　　電影《心靈捕手》有一句對白，大意是我們惟有在愛一個人勝過自己的時候，才會知道甚麼是真正的失去。人就是這樣，領悟了愛的同時，也領受了痛。

　　我說：「你真溫柔啊！」

　　她感到莫名其妙。

　　我說：「溫柔的人，心裡始終留著一個位置，給一個傷得自己很深很深的人。所以啊，你真溫柔！」

　　「你嘴巴真甜！」她嫣然一笑，繼續說：「後來，只是偶然跟他說上幾句話，了解他的近況，我也很滿足了。你也知道，我升不上大學，於是去了一家網路電視台當一

個小編輯。這樣一耗便是四年了。他也大學畢業了。」

四年原本算不上很長的時光，但對於青春期的女生而言，四年，就是半輩子了。

我打岔說：「好奇一問，四年來你就沒遇上另一個令你心動的男生嗎？啊，對了，他呢？他後來沒有跟另一個女生在一起嗎？」我始終覺得，他說的「責任太過沉重」是一個藉口呢。

「我沒有啊；他也沒有。」她害羞地說：「也許這就是我能堅持愛他的原因吧。」

我說：「真肉麻耶！」

「你別取笑我嘛！」她又繼續說：「我曾覺得當編輯的那段時間，是我最浪費青春的時間。畢竟我每天都只是困在一個小房間內，一直上網看別人的文章，東拼西湊地寫一些毫無營養的廢文。我可以用一天的時間，完成七天的工作量，然後便可以坐在電腦前看電影、追韓劇，老闆見我能定時發文，也沒有多說甚麼。」

「哇！這份工作還真不錯！」我真心如此認為。

「你又笑我了！」她以為我取笑她。她接著說：「但是啊，因為這份工作，我和他才再次在一起了。」

我安靜地聽。

她說：「是這樣的——我也沒想到，有一天，我的那些廢文中，竟然有一篇在網上爆紅了，還在兩天內得到七千個讚。」

「噢！我知道！後來還過萬了！很不錯耶！」我說。

「是吧！我也嚇壞了！」她說：「那篇故事寫的，其實是我在他的大學做採訪時碰見的真人真事，我很明白那女主角等一個人的痛苦，所以我也難得地加入了個人的經歷和感受。他剛好看了這篇文章，還認出了我的筆名。他後來說，他從我的文字中看出我仍然在等他，這使他深受感動。原來他一直都很內疚，心裡也會不時惦記我，只是他覺得自己傷得我太深，所以沒有顏面去重拾這段感情了。他卻不知道，我早就原諒他了。」

Y 說到這裡，我也快到站了，但我沒有說出口，我可

不能錯失一個好故事的結局呢。於是繼續聽她的。

　　「這一次，他決定反過來主動追求我。説來好笑！他啊，平時好像很聰明，但説到愛情，他真的是一個大笨蛋呢！他看完我的文章後，便跑到我工作的地方，叫我蹺班出去。還好老闆請病假了，我也閒得很，所以才可以偷偷出去見他。」

　　「他一定是很心急要見你呢！」我説。

　　「是啊！」她説：「沒有浪漫的氣氛，沒有浪漫的對白，跟我那時正在看的《愛的迫降》有很大的落差，他竟然一見到我，便直接問我願不願意再次當他的女朋友。我差點吐血呢！」

　　「你期待了那麼久，一定直接答應了吧！」我笑説。

　　意想不到的是，Y 竟然搖搖頭。

　　她説：「在他表白時，我真的十分感動，很想答應他。但不知為甚麼，我的心十分痛，真的很痛。我突然想起這些年來，我好像被困住在當年的『三個月』之內，一直逃

不出來。沒有人知道，有多少個晚上，我想他想到抱頭大哭。每次我跟朋友說起，他們也只會說我傻，沒有人支持我繼續等下去。我沒有後悔過，但這不代表我不會心痛啊。我的孤單，他知道嗎？他並不知道吧……你別笑我哦──」

「哦？」

「他表白後，我在他面前哭得一塌糊塗呢！那到底有多醜啊！」

「不會不會。」我心裡想，為愛情而哭的女人，都是世上最美的女人啊。

「我一哭，他就傻傻地呆著，甚麼都不會做。我停下來後，哽咽地問他：『這四年來，你有為我心痛過嗎？』他是何等老實的一個人，但到了這個關鍵的時候，他也猶豫了，含糊地說：『我時常覺得很後悔，也不知道應該如何補償……』

不等他說完，我說：『我不需要補償。我再問你一次，你直說就好了，你有為我心痛過嗎？』他終於知道我想聽

他的真心話，直接回答：『沒有。』

　　我聽到他的回答後，剛止住的眼淚又湧出來了。而他呢？他的心似乎亂透了，只是一直在說對不起。」

　　「你不會拒絕他了吧？」我說。

　　「對，我拒絕他了。」她說。

　　「但後來呢？你們又是怎樣在一起的呢？」

　　「你別心急，聽我說——」她接著說：「其實我拒絕他的當下，我馬上就後悔了。畢竟，我很愛他啊。但人就是那麼奇怪，在最愛的人面前，我們總是控不住自己的倔脾氣。我心裡又想啊，如果他真的重視我，他一定為我心痛過。但他沒有。一念之間，我又想到，就算我拒絕了他，他也一定會堅持下去吧——就像這些年來，我堅持了下來一樣啊。」

　　「然後呢？」

　　「然後的，是我最意想不到的。那個色膽包天的大笨

蛋，竟然一下子把我抱進懷裡！他環抱著我，無論我如何掙扎，他也沒有放手。」

「怎麼我覺得這個『色膽包天』是褒義詞呢？」我笑說。

「你夠了啦！」她也笑了，甜甜地說：「在我沒有再掙扎以後，他輕輕地撫摸我的髮絲，然後說：『原來你哭起來也很美啊。』我哭笑不得，狠狠地揍了他的胸膛一下。然後，我們就在一起囉！」

「這不還挺浪漫了嗎？」我說。

聽完 Y 的故事，我突然很想念一個女人——她正在加班呢。後來，我乘了回頭車，到了那個女人下班時一定會經過的車站，等她下班。

時間沒有善待的不期而遇

　　曾經有一位讀者來信，寫道：「崩井老師您好，我是您的讀者。雖然不知道您會不會看到這篇文字，但仍想向您說聲謝謝。因為您的書拯救了我。」然後，便跟我分享了她的故事。我被她的文字感動了，所以拿了其內容的主體，編寫了她的故事。

　　＊　＊　＊

　　這是一場沒有受到時間善待的不期而遇——

　　您好，我是台灣人，目前在日本工作。來到日本是二零一七年四月的事了，從那之後談過幾段不大不小，不怎麼心動的愛情，都是不歡而散。最後一段是去年九月，我在交友軟體上認識了一位日本人。這是我在日本中最難忘，也是最難過的經歷。

　　我們只是聯絡了一陣子，他便對我很感興趣了，沒多久就叫我「老婆」。我開始只是尷尬地叫他「老公」，後

來習慣了，反而覺得這親密的稱呼很溫馨。這是我以往不會做的，甚至鄙視的。他成了一個很容易便能改變我的男人。

這就是真愛吧。

我們一起出去吃過幾次飯，在一起時非常開心，我懂得日語，溝通起來也沒甚麼障礙。我們倒像認識了很久很久的朋友，無所不談，幾次相約都很晚才分開。後來一晚，他還牽著我的手送我回家。雖然他的手有點冰冷，但還是有一股暖流湧進我的內心。

他問我可否上我的住處坐坐，雖然我不算是保守派，但那時我的心跳得太快，我很害怕我們就這樣發生了性關係，所以我還是婉拒了他。他沒有怪我，也沒有死纏爛打，只是很平和地跟我說再見。說實在的，如果他多問我幾次，也許我是會心動的。

只是，隨著他的工作越來越忙，他的態度也降溫得很快。漸漸地，訊息越回越慢，回覆也幾乎只在回答我的提問，沒有再關心我的日常。我有時覺得，自己好像在跟 Siri 在談戀愛一樣，只是 Siri 的回覆比他快多了。

最後一次見面，我們如常地在某間餐廳約會，但那晚給我的感覺是：不如不見。我們沒有甚麼交流，他大多時間都專注在手機之上，忙著回覆訊息，忙著看公司的文件。我們就像兩個剛好坐在同一檯吃飯的陌生人。男人都這樣嗎──只要把女人追到手，便不再稀罕了。

　　還記得他只送了我到車站。我們仍然是牽著手的，他的手也仍然帶點冷，但除了那點冷，我已經甚麼都感受不到了，就跟握著一根鐵棒沒兩樣。到了車站後，車很快便來了。我竟然覺得鬆了一口氣……

　　他在車站看著我遠去，才轉身離開。我在車廂內看著他漸漸變小，我覺得他的那一轉身，包含著一種永遠不會再見的意味。從那時開始，我的心常常痛了。

　　有時真的很無奈，人與人的關係，可以飄忽得像風吹起的蒲公英，這一刻還在你眼前飛舞，下一刻便消失不見。

　　而那之後，聖誕節便近了。我們的聯絡已經少了很多。雖然我還是很想念他，但又接受不了他的冷漠。平安夜那天，說過要到孟買出差的他，竟然遵守了很久之前的約定，寄了當地的拍立得照片給我。

但照片都是景色而已，連他的影子都沒有在內。他大概忘了吧，他說過會寄的，是自拍照，而且是咧嘴大笑得像個傻瓜一樣的那種呢。不，也許他沒有忘記，他只是不想這樣做而已。不過，我還是很慶幸他仍然記得我。

　　那一夜，我們視訊聊了一陣子。可能是很長時間沒有好好聯絡過了，我們一聊便聊了很久，還約好二十八日見面。我大膽地邀了他來我剛搬進的新居吃聖誕大餐。他也答應了。視訊完後，我很快就覺得自己太魯莽了。但我又想，如果一場親密的約會，可以換回他對我的愛，這也是值得的（吧）。

　　到了那天，我撇下所有事情，連回台灣的行李都沒有收拾，慌忙地佈置新家。可是不知道為甚麼，我總是想起那次他轉身的情境，那種「永遠不會再見」的意念又湧上心頭，心裡禁不住預感著他不會來了。

　　果然，他真的沒有來。晚上七點、八點、九點，訂購的食物都涼了，他沒有如期赴約。我看著時間在走，一分鐘像一年一樣長。天啊，這晚的時間到底有多殘忍啊。我傳訊息，他也沒回，斷斷續續傳了八個以後，我就沒再傳了。

八，就是代表告別的數字。

　　我替他想過千千萬萬個失約的理由，也擔心過他的安危。我想過要打電話給他，但八個短訊都已讀不回了，我還擔心甚麼呢。然後，我哭著把那份二人聖誕大餐吃光喝光了。

　　無數次打開他的 IG、FB，終於，在凌晨一時十二分，他在 IG 的即時動態上傳了跟朋友聚會的短片。我徹底地心灰意冷了。我到底做錯甚麼呢？他怎麼忍心這樣傷害我呢？

　　那一夜，我哭到眼都腫了。我很清楚啊，我如此難過，他卻沒有把我掛在心上，他不值得我心痛對吧，但淚水就是一直流下來，我又能怎樣呢⋯⋯

　　隔天（年假到了），我強忍著淚水和倦意，只收拾了很少細軟便到機場回台灣了（如果他赴約，我可能會為了他而留下）。登機後，電子設備關機提示響起時，我還是忍不住多發了一則訊息給他，說：「這一年認識你很開心，謝謝了。」這一次，我是用中文傳的，也不期待他會用 Google 翻譯，更不奢望他會回覆了。感覺上，我就像跟這段日子的自己道別一樣。

我終於把手機關掉了。我以為自己保持著這份瀟灑。

　　我坐在近窗的座位上，心裡有著很多的不捨，也有很多的不理解。就在起飛那刻，我又忍不住哭了，還驚動了空姐，有夠難看的。回到台灣熟悉的街道上，買了些久別的零食和一杯珍珠奶茶，然而，我的心仍然像被掏空了一樣。

　　迷惘地走在路上，不知怎的進了一間書店，偶然看到老師您的書《我不知道說再見要那麼堅強》，看著看著，眼淚又再度流下了。那些故事，都好像在自己身上發生過一樣，如此熟悉，如此心動，如此心痛。

　　直到今天，他仍然沒有回覆我之前的訊息。我知道他不會回了。我現在終於能夠深切地體會張愛玲在《半生緣》寫的那句話──「我們回不去了」。原來，真的不知道哪一次的「再見」，在不經意間可以變成「永別」。

　　不過真的很感謝您。自從看了您的書後，我便像得了拯救一樣。年假很快便完了，回到日本後，我應該不會再感到悲傷了吧。

早已備份了

結果可能是悲涼的，但那時的回憶，永遠是美麗的。

凌晨五時十五分，阿軒突然傳來四則短訊，內容是「在嗎？」、「抱歉這麼早」、「但我很想找個人聊天」、「又想不到有誰⋯⋯」

我在睡夢中隱約聽見接連的訊息鈴聲，勉強睜眼一看，四周還暗，實在不情願查看。但心裡忽然想起一位因為憂鬱症而輕生的摯友，害怕有朋友這一刻真的很需要人陪伴，所以從床邊摸來手機回覆。

「沒事吧？」看到訊息後，六時零八分，我回覆了。原來在意識模糊間，我已經掙扎了近一個小時。

「感情。」阿軒很快便回覆了。他應該一直在等著誰來安慰。

「要通電話嗎？」我說。

「不用，傷心得說不出話。」他覆道。

「嗯。」

「是我不好。我傷害了筱筱。」我以為他想安靜一下，但他接著傳來訊息，說：「新女朋友要我刪掉所有筱筱的照片。我辦不到。我捨不得。」

「畢竟是曾經的最愛啊。」我想到一個自欺欺人的做法，說：「你可以把相片先備份，收藏好，再刪掉原本的。」

他覆道：「早已備份了。」

「其實最重要的，不是那些相片。而是你和筱筱那些年大大小小的經歷，那些回憶都是刻骨銘心的，都是難以磨滅的，都是無法輕易被任何人刪除的。」

「對，最重要的是回憶。但我連最細微的相處都不想忘記。」他又說：「一起七年了。筱筱將會是我一生最大的遺憾。」

「你也知道啊。」想起阿軒多次辜負筱筱，在外面毫無避忌地跟女生相處，甚至多次跟女生單獨約會，作為朋友，真想再狠狠地罵他一個狗血淋頭（以往不知罵了多少遍），但我沒有把話説得太重，只説：「但你真的令她太失望了。」如果是按正常的口吻，我應該會説他是活該的。

　　「一切都太遲了。」他也清楚，自己早已傷透了筱筱的心。

　　他們是透過一個義工活動認識的，還有共同的喜好，所以一拍即合。記得第一次看見筱筱，她才十五歲，阿軒那時十九歲。由於每一次朋友聚會，筱筱都像隻小貓一樣黏在阿軒身邊，所以我們都認識她。在那個青春階段，感覺每一歲的差距都很大，相差四年，就已是「大哥哥」和「小妹妹」的分別了，所以我們都笑阿軒：「真會挑小妹妹來吃！」

　　筱筱稱不上如花似玉，但她清純秀雅，別具氣質，笑起來甜滋滋的，也難怪能夠擄去阿軒的心。

　　我和筱筱聯絡不多，印象最深刻的，是從她手裡借過一本《生命中不能承受之輕》。尚記得整本書中，她只用

螢光筆標示過一段字——「悲涼意味著：我們處在最後一站。快樂意味著：我們在一起。」她還在旁邊的空位，註下了一句令我動容的話——「結果可能是悲涼的，但那時的回憶，永遠是快樂的。」

　　我引用了筱筱的話，安慰阿軒，說：「別太難過了。結果可能是悲涼的，但那時的回憶，永遠是快樂的。」我原本想說這句話是筱筱寫的，但害怕他想得更多，傷得更深，所以把話收回了。

　　阿軒說：「但那些回憶只是過去的片段，永遠難以重現了。有時我會想，在沒有她的時空裡，就算擁有永恆，那樣的永恆也是孤寂的。」

　　「那麼，作為補償，你就暗暗地守護她吧。在未來，能夠成為朋友就成為朋友，能幫助就幫助，用另一個身份，另一種形式，讓她幸福地活下去吧。」

　　我本來還想說，也許有天，他們還能重新在一起呢，但這樣的希望應該很渺茫了，因為我知道，向來對愛情專一的筱筱已經交了新的男朋友。剛好兩天前，我才碰見她挽著新男朋友的手，臉上幸福滿溢，依然笑得像七八年前那麼楚楚可人。

「我也這樣想過，但現在的女朋友一定不准。」阿軒道。

「這才正常吧。所以我才說，要暗暗地啊。」

「唉，她甚麼都要管，令我很反感。」阿軒又說；「我總覺得，現在的女朋友沒有筱筱那麼愛我。換是筱筱，她一定會體諒我，不會強迫我刪掉所有的回憶。」

我覺得他這種意氣話說得真不像樣，所以說：「在愛情方面，我認為筱筱能夠包容你，是她特別寬宏大量而已。不能接受，這才正常啊。如果你說自己愛一個人，卻毫不介意他想念其他人，這還算是愛嗎？對現任女朋友公道一點吧。」

隔了五分鐘，他都沒有回覆。

是時候梳洗出門了，我說：「我快要上班了。你就不要想太多了。讓過去沉澱在心靈的深處吧。你所備份的回憶的確很珍貴，但現在和將來呢，難道就不重要嗎？不要因為過去的錯誤而糟蹋了你正擁有的一切啊。」

他只回覆：「嗯。」

希望他真的想得開，放得下啊。

始終放不下你啊

「他是吃素的。跟他分手後五個月,我突然很抗拒吃肉。感覺正如你之前說過的一句話『愛一個人,總會在不經意間跟隨了他的腳步』。雖然分開了那麼久,但時常感覺他還是在想念著我的。當然,我也很想念他。吃素後,好像又一次跟上了他的步伐,和他依然靠得很近似的。再隔了四個月,家人朋友都害怕我背負著這個人的影子生活,紛紛勸我放手,我才慢慢重新嘗試吃肉。」她傳來訊息說。

「那你重新吃肉後,有真的放下他了嗎?」我問道。

「其實從分開到現在,已經十個多月了。我還是走不出來,還是放不開,還是很不開心。到底我要怎麼才可以放手,怎樣才能變回原來的自己呢?我好像把自己給弄丟了啊。」她說。

「我相信啊,只要我們把回憶放在心上話,我們一定可以找回當時的自己。你,還擁有著你吧。只是那一個

『你』被藏得太深了，才顯得沒有存在感。」我回答說。

「好吧。那到底如何才能放下他呢？」她再問。

「放心吧，時間會幫你的，時間可以淡化一切。說實在一點，如果你決意要放下一個人，就把關於他的一切都丟掉吧。即使實在捨不得，至少也要把它們藏起來，放到不容易翻出來的地方。你要知道，那一切已經不是你生命的養份了。那像是入侵你身上的黴菌，你不去處理，它們一定會慢慢擴散，令你越來越難受。」我說。

我想了想，又說：「放下，是不容易；但放不下，你活得不容易啊。」

她沒有回覆。直到兩日後——

「臉書、微信，我把關於他的一切都刪了。但回憶在夜裡仍然真實。」她又傳來訊息。

「很好！」我說：「但仍然需要時間啊。」

「如果可以做那個先不愛的人，那有多好。」她抱怨地說。

「我寧願當個受傷害的人呢。要傷害一個曾經深愛過的人，怎麼說也太殘忍了。」我説。

　　「唉。我跟他相識十三年了。從一開始我們便是『友達以上』的關係。回想起來，這十三年就漫長得好像我的一輩子啊。畢竟我最美好的青春都是跟他一起過的。我真希望我們的關係能夠一直維繫下去。前段時間我們的關係終於昇華成情侶了，可以和他在一起，加上他承諾過説要一輩子守護我，我覺得自己真的太幸福、太幸運了。但那又如何，所有的承諾，甚至連十三年的感情，全部都不堪一擊啊，現在變得甚麼都不是了。即使我再努力，也沒有用了。大概是這樣吧，有些東西是註定要失去的。」她説。

　　「我説啊，大概因為只有你在努力，但他卻沒有用心付出，所以你們的關係才這麼脆弱。不論如何，我相信你在他的心中是有一定的份量的。只是，那未必是愛情的重量罷了。請相信著，未來還有一份更值得你付上代價的愛情在等待著你。像你這樣重情的人，這個世界是不會辜負你的。」

　　「也許吧。」她説。

我狠心一點也不算過份吧

　　他們戀愛六年，期間分開過數次，都是和平理性地分開的。只是，輾輾轉轉最後還是復合了。但這一次，他們真的分手了——分得徹徹底底，同時傷透了對方的心。

　　「其實我想過跟阿柔求婚，」偉明無可奈何地說：「花光一個星期的下班時間，連戒指也選好了。」

　　「沒有太遲的愛情，」我不忍心看見有情人難成眷屬，說：「真的想修補的話，現在還有機會，還是可以的。你們又不是生離死別，又沒有血海深仇，不是嗎？」

　　「沒有機會了。你知道的——」偉明提醒我說。

　　的確，元宵節那夜，為免剛分手的偉明觸景傷情，我和幾個摯友約了他外出唱K。進場時，我們卻在走廊間，看見一個男生單手摟著阿柔，進了某間K房。阿柔也看見了我們，那場面真的尷尬極了。

結果偉明為此哭了整個晚上，決心要放手，還在當夜將他們的愛情的「遺物」全都丟棄了。

　　「但他們很快就分手了啊。」這消息是我從阿柔發的即時動態看到的。我接著說：「她只是找了個臨時的救生圈吧。」

　　「這我知道……」他一定比我更加清楚，但聽他沒可奈何的語氣，他似乎還藏了點心事。他說：「她有託朋友告訴我，還問了我一些問題。」

　　「阿柔的情況我都大概知道了……」我說：「倒是你的情況，我反而不太清楚啊。說吧，你是不是已經喜歡上別人了？」我沒有要怪責他，他也有愛上別人的自由和權利。

　　「你不會也是受了她的指使來試探我吧？」

「一定是啦！」我說了句反語。

「屁咧！」偉明聽得出是反話，明白我是出於真心關心他，便沒再隱瞞了，說：「那我就老實說吧。其實我也想過找回她，就像以往一樣。但我們之間的問題太多了，不是一時三刻可以解決的。所以我一開始才放著不管，讓大家都冷靜一下。以往跟她分開，我們都是自己躲起來哭，就算想找安慰，也只找好朋友。但這一次，她居然找了另一個男生，而且還要跟他那麼親密。那時我們才分開了多久啊？大約一個星期吧。她竟然可以這麼快便放下我。我們六年多的感情，竟然那麼脆弱？自從那夜起，我就真的想放手了。一開始也是十萬個捨不得，但每逢想到阿柔和那個男生在一起的場景，我的心就很痛很痛，簡直就像被一個巨輪慢慢地輾壓一樣。你懂嗎……」

說完後，他深深地嘆了一口氣，似乎想把所有的鬱悶都一吐而快，又說：「既然她已經離開，我又何必等待？我想，我們要一起走的路，就只能走到這裡了。剩下的，我們惟有各走各的。我狠心一點，也不算過份吧。」他瞄了我一眼，似乎想看看我的反應。

我點點頭，說：「嗯。」

唯一向畢加索說不的女人

走過沒有你的那段路，我現在活得比當初更精彩。

近來跟朋友談及畢加索，我這個門外漢以為他只是抽象派的大神，不知道他的寫實畫作也同樣驚為天人，更不知道，原來他的情史那麼錯綜複雜。

畢加索一生愛過七個（為人知曉的）女人，兩個妻子，五個情婦。她們全都是他創作上的繆思女神。然而，根據我查閱的資料，像中了魔咒一樣，她們一個病死、兩個患上精神病、兩個自殺、一個鬱鬱而終，七人當中，只有一個女人能夠擺脫畢加索的羈絆，主動離開了他，幸福地活到晚年。

她是弗朗索瓦茲・吉洛特（Françoise Gilot）。

1943 年 5 月 12 日，在塞納河左岸的 Le Catalan 餐廳，

六十一歲的畢加索與只有二十二歲的吉洛特邂逅。畢加索當時已是名聞於世的大畫家，吉洛特自然仰慕。同時，畢加索也被她的花容月貌吸引著。在離開餐廳前，畢加索當著那時的情人的面，走向吉洛特，邀請她參觀自己的畫室。年輕而率性的她喜出望外，心花怒放地答應了。

其實吉洛特是當代一位才智兼備的藝術新生代，她不是那麼隨便的女生。她在個人書作《與畢加索的生活》（Life with Picasso）中憶述，假若是在和平的時代，一切就不會發生。但那時巴黎被法西斯德軍佔領，定居巴黎的畢加索竟然畫了一幅反法西斯的畫作《格爾尼卡》，冒著被逮捕的危險，以文化對抗暴力。他可謂是當時的人民英雄。這種大無畏的精神，讓吉洛特深深傾慕。

所以，即使吉洛特明知畢加索放浪風流，而自己也只能當個無名無分的情婦，她仍然投懷送抱。這是整個時代賦予畢加索的獨特魅力。1946 年，她開始跟畢加索同居，後來還追隨他搬到瓦洛里，築建一個充滿藝術感的愛巢。

吉洛特說：「這是一場我不想躲過的災難。」

同居初期，他們真的很恩愛。吉洛特寫道：「和他在一起棒極了，像煙花一般絢爛。他擁有無與倫比的創造力，充滿智慧，魅力無窮。只要他有興致，能讓石頭隨著他的旋律起舞。」世界名畫《女人與花》便是在這段愉快的日子中誕生的了。

　　但災難畢竟是災難，沒有人能夠忍受一輩子。據吉洛特回憶說，畢加索在藝術上是世間罕有的天才，但在人格上，他是粗暴的、殘忍的、冷酷無情的。他會不斷地向身邊的女人說謊，為要使她們順從自己。面對情緒失落或靈感匱乏時，他甚至會毆打身邊的女人，以獲取精神上的滿足。

　　畢加索曾經坦言：「我的生命只關注一件事：我的作品。所有別的都要為繪畫而犧牲，包括我自己。」一個自戀的人既然連自己都可以犧牲，又何況是身邊游轉不停的女人呢。吉洛特亦明白，即使畢加索正在繪畫著她，她也只是他的靈感來源，僅此而已。他的筆下從來沒有純粹的愛情。他給予所有女人的「快樂」，都是危險的，就像夜裡散發著濃郁芳香的晚香玉，稍一不慎，它的香氣便會危害你的呼吸系統，令你窒息。

十年過去，飽受過無數次肉體和精神上的摧殘，吉洛特始終得不到名分的，還要承受對於情人不忠而生的怨恨（雖然她也不過是畢加索的情婦罷了）。直到一天，她想通了，再這樣下去，她一定不會得到任何幸福。於是，她憤然帶著兩個兒子離開了這個「強悍的怪物」，回到巴黎。再後來，她嫁給了一個忠厚的男人，跟他移居美國，重新在藝術界發展，並寫成了《與畢加索的生活》，成為當世著名的藝術家及暢銷作家。

　　縱然吉洛特「佔有」過整個世紀最具才華的藝術家，但她仍能認清現實，保持自我，及時抽離。她說：「我從沒有被封閉在自己的肖像畫裡，從而沒有成為他的俘虜。他要我像其他人一樣服從他，但我偏不。」

　　愛情是很重要的，但如果因為一段愛情而迷失自己，自甘墮落，只能保留一副活像別人的奴隸的生存狀態，你一定不會得到真正的快樂。那些不屬於你的幸福，你再執著，也不會屬於你的。

　　放手真的很痛。真的。請相信我知道。但請想想吉洛特的故事，當她走過那條沒有畢加索相伴的路，她後來，不是活得比當初更幸福嗎？

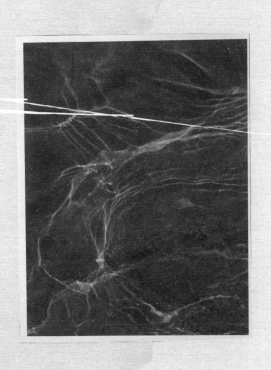

背負過去

當時的我們，無法好好說再見。
後來的我們，不論是在時間之內，還是在時間之外，
也一定要好好再次相見。

再一次，無法好好説再見

不知道，她現在可好？

曾看過心理學家論説，得悉身邊重要的人過世後，大多數人的第一反應都是拒絕接受。我顯然也是一個普通不過的人。三年過去了，對於 Coco 的離世，我仍然覺得毫無真實感。像她那麼年輕、美麗、開朗的女生，可以説是我身邊最不像會輕生的人。偏偏，她還是離開了這個世界，離開了我們。

她是死於憂鬱症的。

Coco 是我讀大學期間最要好的朋友。在港大教育學院的開學午宴當天，我們已經交上了朋友。她給我的第一印象是善良、溫柔、對身邊的人充滿熱誠。我對陌生人的戒心算是頗強的，但面對著她的率性，我卻不自覺地放下了防線。

尚且記得，隔了兩三天，放學時，我在巴士站碰見她。我帶點害羞地跟她打招呼，她笑得很開懷，似乎在笑我太拘謹。雖然目的地不同，但我們剛好要坐同一輛巴士到中途站。那天我們很早下課，乘客只有寥寥數個，於是我們面對著面地坐，方便聊天。

　　她坐在車廂的左側，我坐右側（那時港島區有些巴士的座位是這樣設計的）。一開始，幾乎都是她在說話，我只是在嗯嗯哦哦。後來她笑自己說得太多，便開始問起問題來，我還沒說上幾句，她又接著東拉西扯地說下去，毫無顧忌地向我敞開她的人生。

　　看著她天真爛漫地說著笑著，不知為何，我覺得她好像變成了我的老朋友。在人生中，你總能遇見兩三個那麼奇妙的人，不需要很多共同經歷，也不需要時間洗禮，你很快便能跟他們互相交心，並且認定，他們是可以當一輩子好朋友的人。

在四年的大學生涯間，我們扶持對方走過許多的高山低谷。因為很有默契，相處又融洽，所以所有學科的小組報告（自行選修的除外），我們都是一起完成的。我們又一起參與過不同的大學活動，在彼此的感情路上有所失意時，我們也會互相訴苦，彼此安慰。後來畢業，要找工作了，我們仍然保持聯絡，維繫著這份難能可貴的友誼。

記得在趕交報告的凌晨，Coco 知道我還要多忙一陣子，臨睡前傳來短訊說：「加油啊！多熬兩小時就好了！」說實話，她的鼓勵真的算不上強心針，但她至少讓我感受到，我並不孤單。

又記得，在某一科的報告即將要簡報時，我收到了被 PS（再次）拒絕的短訊，馬上垂頭喪氣。Coco 拍了拍我的肩膀，說：「阿升！不要太傷心，你一定會遇上更好的！」匯報完後，她不遺餘力地向我推介了身邊所有條件優秀的女生，就只欠沒有自薦罷了。如果她當時自薦了，我說不定真的會一頭栽向她。

還記得畢業後，她對於前路也是憂心忡忡，但還是跟我打氣，說：「不用擔心！我們一定能找到工作的！」縱然我們要到同一間學校應徵當老師，她還是毫不吝嗇地跟我分享從各處搜羅的「秘密情報」。

能一起玩樂的朋友，我還真不少；能不計得失利益的朋友，卻是屈指可數。他們，大概會是我一輩子的同路人吧。但誰又能想到，Coco 的一輩子竟然這麼短暫呢。隨著她的逝世，我的一輩子，無疑增添了幾分孤寂。

在 Coco 自尋短見的那天，我如常地在學校工作，心裡沒有半絲不安，周遭也沒有出現任何異況。隔了一天，我才收到 Coco 的閨蜜傳來短訊，寫道：

「Coco 已經不在了。」

收到訊息的時候，我正跟著中文科主任鍾老師前往在中環舉辦的學校周年晚宴會場（我們在一所私人學校任教，所以才有這類活動）。我一見到短訊就停下了腳步，眼淚奪眶而出。他察覺到異常，也安靜了，只問：「沒事吧？」

我不懂得反應，只是搖搖頭，便轉身找了個角落在哭。

我不敢相信這是現實，便焦急地回覆短訊，寫道：「？？？甚麼？？？我不明白。甚麼是『已經不在了』？？？」

Coco 的閨蜜沒有多説甚麼，隔了幾分鐘，她只覆了三個字，連標點符號都沒有：

「過了身」

　　我拭去眼淚，叫鍾老師先行前往會場，但他沒有捨我而去，只説：「不急不急，我等你。」隨即走開一點，背對著我。

　　人在極度的傷痛中，就算想如何強忍也好，只要一丁點的溫柔突然出現，難過的情緒便會排山倒海地爆發出來。接下來的數分鐘，我便好像渾身虛弱的病人一樣，靠著和平紀念碑附近的一幢商廈，哭得淋漓盡致。

　　直到我的情緒稍為平靜後，鍾老師才走近我，説：「我不太懂得安慰人，你還可以吧？」

　　我説：「我的好朋友過身了。」

　　然後我們都沉默了。

　　他果然不太懂得安慰人，但他再次做了那個很貼心的

行為，就是靜然走開，留給我一點空間。即使學校的周年晚宴快將舉行，但他仍然在一旁守候著我。現在回想，真的很感謝他呢。

那時，我突然想起大學的另一位好友，阿靜。我、Coco 和她就像「鐵三角」一樣，每份小組報告都一定找大家一起組隊完成。畢竟都是女孩子，她跟 Coco 的關係就更為親密了。在大三那年必須到北京上的沉浸課程期間，她們還住在同一個房間呢。

她應該也收到消息了吧。我想。

我馬上打電話給阿靜，擔心她傷心過度。

「靜，收到消息了嗎？」電話一通，我問。

「嗯。」我記得很清晰，她的聲音顫抖得很厲害：「但我完全無法相信……」

「我也是……」

電話中，我們相對無言。

也不記得是她先哭起來，還是我先哭起來了。總之當一方的啜泣聲洩出，另一方也忍不住了。我們就這樣在通話中嚎哭，哭得聲嘶力竭，直到大家都累了才結束通話。

　　我哭著望向這座夜幕初臨的城市，視線雖然模糊，但仍然可見路上人來人往，車水馬龍。所有的驚愕與悲傷，都只限於我的自身之內。

　　當晚，我查看了所有關於 Coco 自盡的網路新聞，新聞底部的留言不多，只有六、七則，但內容竟然全是辱罵和嘲謔，大意是說她不孝、廢青、浪費社會資源。我從沒想到，這座城市竟然如此不近人情。

　　我初時極度憤怒，真想留言替她打抱不平，但我最後還是把打好的留言刪了。任我說得怎麼義正詞嚴，外人都不會了解，他們所羞辱的那個女生，平日裡到底有多善良，對身邊的人有多溫柔。

　　事實上，我的心裡也一直在責罵她：

　　「為甚麼要那麼傻！太傻了！真的太傻了！自尋短見不能解決問題啊！也很不負責啊！還會使愛她的人終身留下不能癒合的傷痕。你真傻啊……」

一個月後，阿靜跟我分享了一本書的內容，說：「許多輕生者其實並不想自殺，他們只是情緒病發作，使他們身不由己，無奈地走上絕路。所以，應該說他們是病死的才更恰當。」

　　聽到這段話以後，我便沒有太過怪責 Coco 了。真的，她一定也是承受了旁人無法理解的壓力，一時憂鬱難解，覺得「比死更難受」，所以才走上這條不歸路。後來，根據我和阿靜各自跟 Coco 的對話紀錄，我們大致知道了她最主要的壓力來源。

　　畢業後，我們三人在不同的學校當上了老師。入職初期，她還時常跟我們聯絡。但隔了兩個月後，她明顯比以往更加寡言。她有跟我們說，新校的工作量繁多，校長對職員施加的壓力也十分沉重，再加上怪獸家長的無理要求，更讓她心灰意冷。她曾在 IG 寫了一則帖文，說出自己的抱負和現實的限制：

　　「你慢慢發現到如果你對學生有期望，希望能改變他們，希望能為學生做點事情，你肩膀上的擔子會重得不能扛下。因為你不是魔術師，你只是老師。

後來，你這個初衷會在服侍家長、應付老闆（校長），妥協制度下漸漸遺忘，最後連教學的樂趣也遺失。所以呀，越想做好，越要謹記你不是魔術師，你只是老師。」

由於剛好收到入境事務主任的面試成功通知，她便毅然離職了。只是，在入職訓練課程期間，教官每天的喝罵，學員之間的競爭文化，嚴厲的體能訓練，都讓向來柔弱的她承受不住，再加上之前尚未排解的壓力，她終於累垮了，決定再次辭職。

辭退入境處的職位前，我們一起出席了港大的畢業典禮。那天，我們的相處十分短暫，臨別前，只用手機拍了兩張合照。照片中，剪了個短髮的她清爽可人，笑容依然燦爛，襯上畢業袍，格外神采飛揚，看上去完全不像患上抑鬱症的人。典禮完結後我們便告別了，各自帶自己的家人到處拍照留念。

晚上，我把照片傳給她時，她還跟我說：「謝謝你！阿升！好難得有這兩張相片！」

啊，現在再想，真的很難得啊……這竟然成了我們最後的合照，最後相處的回憶，最後的告別。

一個月後，我主動關心了她。以往多數都是她找我聊天的，但她竟然一個月沒聯絡過我，我便有些擔心了。

　　我用短訊問道：「How are you? Coco. 找到新工作了沒有？」

　　她說：「Sing, thanks so much.」

　　我說：「其實想關心你好久了，只是怕觸及你的痛處。」

　　她說：「跟你說個秘密，我辭職後，時常覺得十分憂鬱，甚至不願跟人聯絡。所以也沒有找你了。」她補充說，因著自己短時間內辭過兩次職，所以很害怕之後找不到新工作。

　　我嘗試安慰她，又給了她些許建議，跟她用訊息聊了三個小時。在她去世後，重看這段對話，原來就在那短短的三小時之間，她已經跟我道謝了七次。我猜，她實在是太過無助，太過孤單，太過憂慮，所以才會對我的「小恩小惠」那麼上心。只是，這已是後知後覺了。

隔了一個月，因為「空窗期」和「辭職」的問題，她的面試果然都不太順利。到了那年的三月三日，她憂鬱症病發，離開了這個殘酷的世界。

　　隨著她的離去，我的生命多了一份無法填補的空虛感。每隔一段時間，沒有甚麼特別的原因，我都會因為突然想念她而感到傷痛。以往與她建立的那份牽絆，仍能劇烈地騷動我的靈魂。

　　Coco 的喪禮舉辦前夕，她的男朋友致電給我，說她收藏了兩本我的書作。他提出了兩個建議：一是交給我留作紀念，二是隨木棺放進焚化爐。我選擇了後者，希望自己的文字能夠陪伴她走到另一個世界。

　　在瞻仰遺容時，我不敢直視她，只是尾隨著阿靜向前走。明明知道她的去世已成事實，但我仍然不願接受。圍著她的遺體走了一圈，離開存放棺材的小房間的最後一刻，我怕自己會後悔，最終還是回首望了她一眼。果然，我還是承受不住現實的冰冷，心臟痛得好像被一條極細的鐵線緊綁著。

　　再一次，我無法跟身邊重視的人，好好說再見。

交人容易，交心難

疫情期間，我跟一位舊校的中文科主任鍾老師「冒險」相聚。原本我是不想出席的，但他盛意拳拳，我實在不忍心拒絕。沒想到，席後分別時，我竟然有點依依不捨的感覺。

說實在的，以前跟鍾老師是同事關係，覺得就算他接近我，也不過因為他深明世故人情，甚或想要拉攏我而已。當然，我敬他是我的「直屬上司」，也會很世故地「應酬」他，希望討個照應。

任職兩年後，我因為抵受不住那所學校的工作壓力而轉校了。我當時猜，當鍾老師知道我要離職後，他一定會漸漸跟我疏遠，或者說，我一定會漸漸跟他疏遠。畢竟，在工作崗位上，我們已經不需要對方了。抱歉，在職場之上，我總是很勢利，也很小心眼。

沒想到，直到（成書的）今時今日，鍾老師仍然很關心我（倒像比以往更關心了），給了我很多指引，分享了他歷年來的經驗，還說自己在不知不覺間，把我當成了他的弟弟。

　　這真是深觸我心啊。

　　在跟他相聚的那天晚上，我們找了間人少的餐廳。以往看見食客稀少，我們一定不會進，你也懂的吧。但在這個人人自危的時勢，人少，反而有了可取之處。

　　席間，他敞開心扉向我傾心吐意。不論是他的健康問題，還是他與家人的爭執，甚至是一些不可告人的秘密，他都安心跟我傾訴。我這才真正地意識到，他是徹底地把我當成知心好友啊。他還請了我吃那頓頗為昂貴的晚餐呢！

　　結帳後，鍾老師不經意地透露了這是他的生日，說多謝我的陪伴（大概因為他見我沒有任何祝賀，所以提醒一下我吧）。共事兩年了，我竟然沒有記下他的生日日期，還要他請客，我真的慚愧得無地自容。

我尷尬一笑，說：「不用謝。」說完真想找個洞躲進去。

　　在火車站分離時，鍾老師說下次再約，我一口說好，心裡傳來一陣又一陣的悸動。你也一定感受過吧，有人把自己當成交心好友，真的很慶幸呢。

只是我們太脆弱

有時，別人並非存心傷害我們，只是我們太脆弱了。

城市是一座堅固的堡壘，但它圍困著脆弱的人。而那些脆弱的人都有一個共通點，就是他們很容易感到「被冒犯」，甚至連一句戲言也承受不起。

我有一個朋友，他曾經花了兩萬多元（港幣，下同）去買一把吉他。身邊許多人都說他奢侈，但他說為了自己對音樂的熱情，有些錢是值得付出的。我不是音樂人，但也很明白他那種願意為夢想而犧牲的覺悟。聽他說得那麼冠冕堂皇，我真的以為他並不介意別人的評論。

隔了兩三年吧，他多買了一部四千元的電子琴作混合錄音用。在一次朋友聚會中，一個朋友拿他開玩笑，說他又買了樂器，真的很捨得耶！沒想到他當著眾人的面大發雷霆，賭氣地說：「甚麼叫『又』買了？我就是奢侈！我就是喜歡浪費金錢！那又怎樣！」然後他便憤然離席了。

站在他的立場，他一定是感到自己的付出得不到認同，甚至受到羞恥，因而才怒不可遏。但用怒氣去處理那種「被冒犯」的感覺，只會讓人覺得你的意志不夠堅定。更何況，在我眼內，那位嘴多的朋友也不過是討他的趣，並非真的揶揄、譏諷。

　　其實「被冒犯」是一種主觀的感受。當你主觀地判斷別人在說話或行為上，刻意針對、中傷、貶低你，同時你感到受傷、難過、忐忑、尷尬等等的負面情緒，你便感到「被冒犯」了。然而，最大問題的，不是當下的「感受」，而是我們接下來的「應對」。

　　《聖經》裡記載著史上第一宗有跡可尋的命案，主角是亞當和夏娃的兩個兒子：亞伯和該隱。有一日，該隱拿了自己種的耕作物奉獻給上帝，同時亞伯將他羊群中上好的羊和脂油獻上。

按聖經學者研究說，當時的人只會吃素，尚未吃葷。因此，亞伯是憑著信心，按著神的啟示，特意費時間心力牧養羊群，為的只是向上帝獻上最好的供物。而該隱則不同，他耕種的主因是為了糊口，他向上帝的奉獻是宗教上的儀式，只是憑著己意獻上「有餘的」。最後，上帝才看中了亞伯和他的供物，看不中該隱和他獻上的。

　　可是，該隱卻因為亞伯的盡忠而感到「被冒犯」，還「大大地發怒，變了臉色」，最終含怒殺死了他的兄弟亞伯。結果，該隱當然是受到了上帝嚴厲的責備和懲罰。

　　明顯地，亞伯並沒有刻意去惹動該隱的怒氣，但該隱卻認定自己被亞伯冒犯了，繼而將怒氣發洩在他身上。從旁觀者的角度，我們都明白這是該隱的錯，但當事情發生在自己身上呢，我們難道就不是「該隱」嗎？

　　當我自問的時候，我不敢否認，其實有時別人並非存心傷害我，只是我太過脆弱了，連那些無心的小舉動都承受不住，最後做出了令自己很後悔的「應對」。你也似我一樣，這樣軟弱，這樣可笑嗎？

　　那麼，我們不孤單啊。

三頁字

　　莎士比亞在《雅典的泰門（第五場）》中寫道：「真正勇敢的人，應當能夠智慧地忍受最難堪的屈辱，不以身外的榮辱介懷，用息事寧人的態度避免無謂的橫禍。」這種「忍而避禍」的智慧，大概很多人都略有所聞，但能夠付諸實行的，又有多少人呢？

　　在小學任教了三年多，我也憶起小時候不少的回憶。那時的我自問是很「正直不阿」的，遇到認為「不公義」的事情，一定會向老師舉報。六年級時，當上了風紀總隊長後，我「不平則鳴」的作風在校內可謂眾所周知。但正因如此，我使得不少人懷恨在心，各種中傷我的流言蜚語也因而層見疊出。

　　尚且記得，有被我摘名處分的同學反脣相譏地說：「你以為自己算甚麼？狐假虎威！」又有人說過：「你不過是為了討好老師！」聽朋友說，還有人嘲笑我是「老師的走

狗」。我更試過因為向訓導主任揭發一位朋友說髒話的「大罪」，而斷送了一段友情。而當我受到老師當眾的提醒時，個別對我積怨已久的同學，便會幸災樂禍地將事情放大，傳為笑柄。

畢竟還是小學生，面對此等蜚短流長，我每次都十分難受。後來，我崩潰了──在一次向訓導主任「述職」的時候，我在她面前泣不成聲。稍為平復後，我還向她提出請辭。大概見我意志消沉，情緒低落，她沒有即時勸留，只是叫我先休息一兩天，其餘的事情之後再說。

回家後，我在班主任關老師派發的週記簿中含怒寫道：「這天我說出了離職的提議，許多人問我為甚麼、為甚麼、為甚麼，實在是煩透了！我真的很介意別人一直叫我『風紀隊長』！而且……別提了，算吧！」

隔了兩天，關老師在我的週記簿中回覆了整整三頁文字。這三頁字，我一直保存至今。她寫的第一句話，就是向我道歉，她寫道：「真對不起。老師最近太多事情纏身，未能體察到每個同學的需要。」接著，她讚許了我踏實的處事方法，並說很明白我的壓力，然後又寫道：「但你要謹記，無論做事、讀書，人生總是離不開『壓力』二字。

其實我也是在壓力中長大的呢！」

關老師後來用另一種顏色的筆，在文末附加了一段話——這也是整個小學階段最令我銘記於心的一段話——

她寫道：「其實你不用太在意人家的說話，就以老師（我）自己為例，相信背後也有不少人在評頭品足，起初我也會耿耿於懷，但細心想，無論怎樣，也要繼續做我的工作，倒不如一笑置之，只要問心無愧，相信已可心安理得。若別人的說話，有可取之處，先反省自己有沒有不善的地方，如有，就嘗試改善吧。」最後她還向我「透露」，有同學對她說過很欣賞我「公平公正」的態度。

當時年幼，只感受到關老師的用心良苦，未能參透箇中道理。但每隔一段時間重看這三頁字，我都會有深一層的感悟。

其實許多針對我們的冷言冷語，都沒有我們的想像中那麼具有影響力，如果學懂謙卑，有時它們還可以讓我們成長。我們之所以難受，不過是因為自我質疑，加上對他人的目光的過度重視罷了。簡單而言，我們越是介懷，我們受到的傷害便越大。這難道不是庸人自擾嗎？

怨恨是一袋死老鼠

最近朋友 M 憤憤不平地「裸職」了。

原因是她的一位女同事，因見她辦事出色，心生嫉妒，繼而向當經理的表哥胡編亂造了一些誣陷她的話。這經理是一個幫親不幫理的人，他還沒有查明真相，便當著眾人的面，喝罵了 M 一頓。雖然公司裡有些同事知道實情，但在那刻，他們卻選擇隔岸觀火，明哲保身。她説，她感到非常心寒。

M 向來對人友善而熱心，一旦同事需要幫忙，只要在力所能及的範圍內，她都會仗義相助。她一直以為，自己與公司上下的關係都十分不錯。但意想不到，在她需要幫助的時候，各人卻作壁上觀。

她有一種眾叛親離的失落感。

前些天，放工的時候，我湊巧碰見 M。我主動跟她打招呼。剛好，她也下班。我們住得很近，便一起坐地鐵回家了。途中，她一直悒悒不快地向我吐苦水。她說自己早就對那個女同事和經理看不過眼，她只不過是逆來順受罷了。但這一次，她實在忍無可忍了，所以就毅然遞上辭職信。

　　沿路聽她的表述，我才知道她原來受了那麼多的委屈。為了安撫她，我說了哲學家盧梭的一番話：「如果我提著一袋死老鼠去見你，那一路上聞著臭味的不是你，而是我。怨恨是一袋死老鼠，最好把它丟得遠遠的。」

　　我不知道她是在深思細味，還是仍然氣在頭上，聽得不太入耳，總之她突然隻字不說，我也就沒有多說甚麼了。然後便是一片沉默。我暗暗想道：她一定認為我不太體諒她了。

到站後，她說自己要到便利店買點甚麼，然後我們便在人海中以一種陌生的姿態點頭告別。

　　我頭也沒回地向前走，不到十秒，在我後方的車站範圍附近突然傳來一片吵鬧聲，一名女子聲嘶力竭地罵道：「死賤人！臭三八！你不得好死啊！老了便去撿垃圾吧！死賤人！」

　　聽那聲音，竟跟 M 的極為相似。但我實在想不到 M 會如此氣惱。別說在大街上，就是私底下，她也從未如此。我馬上跑回去看個究竟。沒想到，真的是她。

　　當我走近，我便看見 M 怒不可遏地喝罵著一個女人。只見那個女人眼神惶恐，一臉羞怯，當圍觀的人多起來，她便用揪起外衣掩著臉，似乎只想逃離。我還來不及反應，附近一個路人便指著 M 說：「你真野蠻啊！」又有一人應道：「用不著罵得這麼狠吧！」其實我也覺得 M 太過激動了。

　　我猶豫了一下，還是衝了上前，嘗試勸停 M，然後拉她走到一旁。那個女人也識相地走了。我安撫著 M，叫她冷靜一點，不要在公眾地方失了儀態。她卻帶著怨憤地說：

「爽！她就是陷害我的那個賤人！活該！」原來 M 的那個
女同事也住在附近。

　　記得有一次在教會聽道，傳道人說起自己在公廁的塗
鴉上，看見一句發人深省的話，令他幾乎忘了要做「那暢
快的事情」。那句話是這樣的——「如果你因為別人的犯
錯而生氣，你便是拿別人的錯誤來懲罰自己。」

　　像 M 一樣受到詆毀，感到氣憤是正常不過的事情。但
如果我們因為氣憤，做出令自己蒙羞的事情，惹來更多的
蔑視，我們便是在拿著別人的錯誤來懲罰自己了。這真的
值得嗎？

人情味

在現代社會中，人與人之間難免有點隱而實存的芥蒂。這種細微的芥蒂，平時影響不大，但當涉及利益，它便顯然易見了。

記得有一個晚上，在送 PS 回家途中，穿過一條僻靜的小巷時，有個不修邊幅的男人迎面走近我們，我們稍為避開，但他還是擋在我們面前。那裡燈光昏沉，人煙稀少，我的腦海萌生了一絲危機感，便馬上把 PS 小姐攔在身後。

那個男人以沙啞的聲線，夾雜著鄉音，說：「可以借我二十塊（港幣，下同）嗎？」他似乎也覺得這個請求過於唐突，我還未回應，他便補充說：「我帶不夠錢，只想討點回家的車資。」

坦白說，我第一時間想到的是：這是騙子。還是 PS 善良，在我猶豫不決的那幾秒間，她已經掏出了二十塊錢，毫不吝嗇地遞給了那個蓬頭垢面的男人。那個男人恭恭敬敬地道謝後，快步離去了。

待他走遠了，我才說：「很可能是個騙子。」PS 卻溫柔地說：「也有可能不是啊。又不是太多（錢），能幫就幫吧。而且，就算是騙子，他也是很有需要才這樣求人吧。」那時我覺得 PS 太過單純了，但後來卻想，是我太計較了。對啊，不過才二十塊錢而已。

　　這一小幕不算甚麼大事，我卻記憶猶深。

　　或許，當我們經歷過各式各樣的弄虛作假後，那種自我保護的防範姿態是很難解除的了；我也認同人的善良必須有點保留。但是，在別人請求你幫助時，如果你要承受的損失根本無關痛癢，那就不妨考慮伸出援手吧。我相信在大多數的情況下，那些都是樂人樂己的美事。

　　這個社會已經不乏猜忌和冷漠了，卻欠缺了些人情味，你願意為它補上，哪怕只是那麼一點兒嗎？

小時候

　　2018 年聖誕期間，恰巧路過尖沙咀，就在附近的熱門景點逛了逛。對，恰巧路過，才會去逛逛。結果發現，那年的聖誕氣氛似乎很薄弱呢。我不是指燈飾佈置得不夠璀璨，也不是說市面上人流稀疏，這不過是一種個人的內在感覺，覺得自己不再像從前一樣，有「慶祝」節日的那種雀躍。

　　為了使自己與四周更融洽一點，我從路邊小販手中買了一個雪花形狀的電子小彩燈，夾在胸前。不騙你，那小燈還挺精緻的！

　　我總覺得啊，小時候的燈飾特別燦爛，街道上的聖誕氣氛也特別濃郁，就算人潮擠擁得水洩不通，心裡也毫不介意，反而覺得很雀躍。那種「普天同慶」的感覺深刻得至今仍然歷歷在目。反觀現在，不論是甚麼大時大節，也覺得四周非常平靜，平靜得就算商場市集裝飾滿滿，我的心情也跟平時沒有差別。

人越大，情感好像變得越麻木。你也跟我一樣嗎？

小時候，每逢節期，全家人一定會聚在一起，找個地方去慶祝。雖然父親雙腿有疾，行動不便，但我們還是會走東訪西，四處找不同的地方過節。我們慶祝的方法實在是簡單不過了，來來去去就是遊覽一兩個景點，然後在附近吃一頓大餐。後來父親過世了，我們再説起「全家人去做甚麼甚麼」的時候，就總覺得怪怪的了。對於節日的慶祝，也就看得輕了很多。

真沒想到，當時那些平凡的日子，竟然讓現在（和未來）的我念念不忘。

説回前年聖誕那夜，我漫無目的地從香港文化中心走到海港城。在廣場前的碼頭附近聽了數分鐘演唱（我還記得那位街頭歌手在彈唱陳奕迅的《Lonely

Christmas》），又走馬看花地在那年隆重佈置的聖誕大橋來回行了一趟。在熱鬧的市區中，我越走越空虛，只想早點回家。

當我走到地鐵站附近的隧道前，我看見身前有一個小妹妹，仍然很興奮地騎在爸爸的肩膀上。由於行人過多，我們只能像蝸牛一樣緩緩地前行。那個高大的男人將一個飄浮著的紅氣球交到小妹妹的手裡，叮囑她捉緊一點繫著氣球的幼絲帶，不要弄丟。意想不到，在交接完成的一刻，小女孩打了個噴嚏，小手一鬆，氣球便瞬間飄升了。

人群輕微地騷動了一下子，還有熱心人舉高手想抓住氣球，只可惜於事無補。小女孩隨即哇的一聲哭了。她的爸爸溫柔地拍拍她的小頭顱，哄她說：「小乖乖，別哭了。下次再買給你吧。」然而，小女孩還是哭，哭得更厲害，好像不會再有「下次」一樣。看得出來，她的爸爸陷入窘況了。

我突然想起剛才買了一個小巧的彩燈，心想：或許有用吧？於是冒昧地把小彩燈遞給那個小女娃，說：「小妹妹，看！這是我最喜歡的雪花彩燈，只要你不哭，我就把

它送給你吧！」她接過小彩燈，眼淚馬上就止住了，還懂得跟我說：「謝謝。」多可愛啊！

我跟她的爸爸對望了一眼，同時淺笑。

是這樣吧——小時候，路上的燈飾美一點，節日的味道濃一點，父母的陪伴暖一點，快樂也來得簡單一點。當這一切都成了過去，我們確實有惋歎的資格。只是，如果可以的話，在憂傷的同時，也請為我們的下一代塑造一個美好的「小時候」。守護他們的笑容，也算是我們的天職吧。

會特異功能的蕭公子

　　大學畢業後，我隨即重歸校園，只是身份、責任、工作，盡皆不同了。記得大一那年，一位教授説過，在招生面試的時候，大多人都會説，自己想當一名老師，是因為曾經遇上過一個讓自己的生命蜕變的啟蒙者，從而覺得老師的身份充滿意義。我面試的時候，也説了類似的話。曾幾何時，我還立過志，絕不能夠像某些老師那樣，做狠事、放狠話，傷害學生的心靈。

　　當上老師後的前四個月，許多時我都覺得吃不消。每天從八點開始，老師們便要管秩序、教書、改簿、當值、追功課、處分行為失當的學生、安撫情緒失控的學生、訓練學生參加校外比賽、管理課外活動、備課……每隔一段時間，還要修訂教材、設計試卷、做各種課室佈置、開各類會議、討論校本課程改革的細節等等，每天都忙得不可開交。後來發現，在這麼繁忙的生活中，要對「頑皮」的學生保持耐性，實不容易。

在我任教的第一所學校，我要當三班學生的中文老師（當然還要兼教其他科目），每班剛好分別都有三個「搗蛋鬼」。但其中情況最嚴重的，是三年級的一個學生，老師們都會喚他「蕭公子」。稱他為「公子」，是因為大多老師上課時都要特別「侍候」他，卻又總是對他束手無策。作為教他主科的我，自然身受其害。

　　一般老師口中的「壞學生」，無非是話多、手腳多、經常欠繳作業和聯絡單。而蕭公子則三樣皆齊，外加學習能力較低及容易情緒失控。還有一個讓蕭公子特別「無敵」的原因，就是他的家人通常「冷處理」他的學習情況。聽教過他的老師說，他們已經聯絡過他的家人無數次，但對方總是愛理不理地回覆同一句話——「他就是這樣的了。」

　　其實這一句話，我也聽其他老師說過。還有老師說：「他是無藥可救的了！」就只有一次有老師替他說話：「還

好他胖嘟嘟的，看起來還算可愛。他的樣子真的幫他加了不少分數。」

久而久之，蕭公子的大名和惡行，連我們一眾新老師都聽聞過了。就算沒有親身領教過的老師，也認定了他是一名不可救藥的「壞學生」。

我認為，這世上沒有任何人是沒得救的。某些學生之所以會被標明為無藥可救，是因為現今教育制度的局限性、教育環境的限制（例如工作量太多），還有教育工作者和家長的冷漠。

一開始的時候，我也沒有經驗和技巧去處理蕭公子的情況，結果搞出過不少鬧劇。例如蕭公子離座製造騷亂時，學生們看著我像玩「貓捉老鼠」一樣「捕捉」他；又例如蕭公子鬧情緒時，學生們看著我像「帶孩子」一樣「哄」他。

還有一次，要「背默課文」時，蕭公子因為沒有溫習而發脾氣，便不斷用他的小手拍檯敲凳，喧譁擾攘。由於默書進行中，為免騷擾其他同學，我不能像平時一樣慢慢說服他，所以我只是輕撫他的小腦袋，喚他再嘗試一下。

沒想到，後來他竟然把默書簿丟到地上，然後伏在桌面裝睡覺。其他同學見狀都在偷笑，還有學生衝口而出，說：「不是吧！這麼簡單都不會！」

我慢慢發現，有些學生，在家裡沒有人關心照顧，在學校沒有老師喜歡，在私下沒有朋友陪伴，他們的心靈，從小便破碎不堪。雖然他們不曾做過十惡不赦的事情，但他們還是受盡欺凌，飽遭離棄。每次面對他們，我也感到有心無力，惟有盡量對他們溫柔一點，付出多點耐性，希望他們至少獲得一點關愛。

也許因為我盡量不「做狠事、放狠話」，所以蕭公子也慢慢喜歡上我的課了。只是，喜歡歸喜歡，本性還是難移啊。有些時候，他還會仗著我不會罵他，所以像跟我玩一樣，故意跟我鬥氣，上課時非要我站在他面前指導他不可，不然他就會玩文具，或者離席挑釁其他同學。記得有一次，他趁我在黑板寫字時，離座搶走了一位模範生手中的鉛筆，並把它扔到課室的圖書架上，氣得那個模範生大哭了起來。

如果我的職務，只是教育蕭公子一人，我應該還能承擔得住。但面對一整班學生（別忘了同班還有兩個「搗蛋

鬼」），加上繁重的校務，我只能說，我的耐性和能力也
是很有限的。

終於有一天，我忍不住大聲喝罵他了……

那天上中文課之前，蕭公子因為搗亂課堂而被另一位
老師帶走懲罰了，很遲才回到課室。他敲門進來後，有不
少學生在竊竊私語，偷偷取笑他，還有人大聲跟我說，他
被某老師大罵了一頓。我馬上控制住場面，教學生要互相
尊重。但蕭公子聽到同學的嘲諷後，十分生氣，所以又伏
在桌上裝睡覺。

因為要特別「侍候」的緣故，蕭公子被調到坐在老師
的面前。我喚了兩位科長幫忙分發作業，趁機哄回他。他
卻說：「你根本不明白我！」我笑了一笑，回答說：「你
不說，我當然不明白啊！你乖點，下課我再聽你說好嗎？」
他突然怒火攻心，從筆袋裡掏出了幾顆書釘，當著眾同學
的面，用力地扔到我的身上。

說實在的，這對我也毫無傷害，但他的行徑真的太沒
禮貌了。一時意氣之下，我大聲喝住他，說：「你在做甚
麼！我花時間哄你，你卻丟書釘到我身上？你知道這是很

不尊重老師的嗎？」他大概知道我真的生氣了，也知道自己行為不當，所以收起了平常肆無忌憚的笑容，緊皺著眉頭，擺出一副很委屈的樣子。

但他沒有承認錯誤，他說：「我沒有啊！」他竟然明目張膽地說謊，這讓我更加氣憤。

當下，學生們十分踴躍地做目擊證人，一些異口同聲地說：「我見到他有！」還有一些接二連三地說：「我也見到！」

我扯高嗓子，對著蕭公子說：「你還要說謊？」

在勢孤力弱的窘況下，他伏回桌上，施展他裝睡覺的絕技。只是，我一眼便看穿他在偷偷地哭了。這傻孩子，明明哭得整個胖嘟嘟的身體都在座位上打顫了，還要強忍著泣聲。目睹此情此境，我於心不忍，怒氣頓時消了一半。

據說張愛玲說過一句妙話：「教書很難——又要做戲，又要做人。」我不忍心再責備蕭公子，但又想他明白自己的過錯，所以佯裝仍然很氣忿，說：「我不管你了！」然後重整秩序，繼續上課。

餘下的時間，蕭公子都趴在桌面上，也不望我，也不說話，偶然偷偷拭去眼淚。

下課以後是下課時間，我「釋放」學生前，當眾說要懲罰蕭公子，取消他的下課時間，然後帶了他去一間活動室。為了減低他的壓迫感，我沒有關上門。我輕聲而不失嚴正地問他知錯了沒有。他的脾氣已經發完了，哽咽地說：「我知道……」我又說：「我很疼你，你是知道的，所以你這樣做會讓老師好傷心。」他沒有回答。

然後我說：「你也應該很不開心吧？但既然做錯了，就要接受懲罰──你這個下課時間就跟著我吧。」他無話可說。

接下來，我便將剛才發生過的事情客觀地敍述一次，說出我明白他憤怒的原因，再清晰表達出我對他的行為的失望，並教了他一些舒緩情緒的小方法。平時跟他說教，他總是咧著嘴在傻笑，實在沒他好氣。但這個下課時間我卻沒見他笑過一次，這令我有點擔心。

那刻我想起，他不但被老師責罰過、喝罵過，還遭同學嘲笑過，而且因為鬧情緒觸怒了我，想必他心裡既懊悔

又孤單。我不禁悲從中來。

我又無端想起，他曾經在一張寫作指導工作紙中，畫過一幅「自畫像」。畫中的他兩眼流著淚，手持著一本寫著「0分」的小本子（應該是默書簿）；同時，他的身旁畫著班中一位成績優異的女生，她則笑逐顏開，持著一本寫著「100分」的小本子。面對學業，他總是自卑得低到泥土裡去。

為了安慰他受傷的心靈，我大膽地問他：「你信耶穌嗎？」他說自己相信，我再問：「我可以為你祈禱嗎？」我也覺得自己的舉動有點唐突，但他竟然點頭了。

於是我搭著他的肩，用最溫柔的聲線為他祈禱。

祈禱期間，他突然嚎啕大哭了起來，哭得我的心也酸了，無法好好組織禱辭。他心裡應該很鬱卒吧。禱告過後，我遞上紙巾，輕拍一下他的小頭顱，說：「好吧，我相信你也知錯了。如果你答應我，以後不再對老師這麼沒禮貌，我就放你走吧！」他一邊抹眼淚，一邊點頭，又可憐，又可愛。

後來兩天，上我課的時候，他的表現果然有所改善。但兩天過後，他又故態復萌。於是我又想了一個新對策。

　　某天下課後，我又以懲罰的名義，「扣留」了蕭公子。這天他的心情不錯，倒沒有哭鬧甚麼，只是對著我傻笑，似乎想要掩飾自己的「劣行」。我一本正經，煞有其事地跟他說：「喂！你知道嗎？我發現了！原來你有一種特異功能。」

　　美國教育家布克·華盛頓說過：「把責任放在一個人身上，並讓他知道你相信他，通常能為一個人帶來莫大的幫助。」我希望把責任放在蕭公子的身上。

　　聽見「特異功能」，我相信大多小朋友都會深感興趣。果然，他馬上認真地問道：「那是甚麼？真的嗎？」

　　我再說：「你沒有注意到嗎？你下次注意一下吧！你其實可以控制其他同學，令他們安靜下來。你想一想，平時上課，你一發脾氣，或者在吵吵鬧鬧時，其他同學是不是也會跟著起鬨？而你安靜聽課的時候，其他同學又是不是安靜多了？」

他想了想，隨即瞪大雙眼猛地點頭，嘴角還自豪地翹起，似乎很認同我的話。

　　我再說：「如果你不信的話，下次上課的時候，你試試當我的小助手，運用你的特異功能，讓其他同學安靜下來。」

　　其實我這話，也不是算不上「欺騙」。事實上，他在課堂上的言行，真的很影響整個課堂的秩序。我補充說：「但是，你要運用你的能力，你知道自己首先要怎麼做嗎？」他興奮地點頭。

　　隔天，我跟學生說完「早安」後，我偷偷向蕭公子打了個眼色，看他興致勃勃的樣子，我肯定他記得我們的約定。他還急不及待地施展他的「特異功能」，坐下後，轉身向一些正在聊天的學生「噓」了一聲。

　　當然，他直接「噓」別人，別人也不會太管他，畢竟他在同學眼中的地位不高，而且還「其身不正」呢！還好我深明「狐假虎威」的道理，於是我擺出一幅臭嘴臉，屬目盯著那些在聊天的學生，而他們也知趣地安靜了下來。

我再次向蕭公子打了個眼色，表示：看，我沒騙你吧！

　　他打從心底笑了出來。雖然他平時也笑得很燦爛，但像這一次笑得那麼有成就感，我還是第一次見到呢。

　　雖然這個會特異功能的學生，終究沒有因為我的新對策而徹底「改過自新」，變成老師眼中乖寶寶，但看見他在我的課堂中，找到了微不足道的滿足感，我也感到很欣慰。

　　後來，我轉校了，沒能陪伴他走到畢業。兩年不見，不知道他現在可好？還記不記得他的特異功能？

出租兩小時

「嗨！」一個叫 Harvey 的陌生男人傳了個訊息給 Maria。

「你好哦！」十三分鐘後，她回覆了。

沒想到她真的回覆了。他寧願她不曾回覆⋯⋯

「我想跟你約會。請問還接客嗎？」他說。

「當然。」她說。

「那就好了。這個星期六的中午有空嗎？」他說。

「等等哦，小妹有點麻煩，定了好些約會守則，希望你可以先看看。」她很快便複製並貼上了一段補充，寫著：

「1. 小妹的收費為一小時五百元（港幣，下同），最低消費兩小時。需要預先付費哦。」

「2. 如需加時，必須先付費。否則我會即時離去。」

「3. 約會期間最多只接受牽手哦。」

「4. 這點很重要！如果你以任何方式誘惑我，或強逼我進行更親密的身體接觸，我有權立即中止交易，並且不會退回已收費用。事態嚴重的話，我會報警處理。」

「5. 約會期間所有消費由你支付。」

「6. 約會期間我會自備食物和飲料，不會接受任何飲食上的饋贈。」

「7. 客人可以自選約會地點，但必須是公開且人多的場合。」

「8. 如要合照，需要額外收費，每張合照需要加收一百元。」

「9. 不接受有婦之夫，如發現有所瞞騙，我有權立即中止交易，並且不會退回已收費用。」

「10. 互相尊重，好來好去。」

「這回該我問了，你接受嗎？」她說。

他沒有回應。她心想，他不過是想問問價而已。

她叫徐凱琳，網名是 Maria，今年十六歲，來年便要應考香港中學文憑考試了。但不論是她的媽媽、繼父，還是老師，都知道她完全不是讀書的材料。即使班主任總是強制她參與課後補習班，但她很明白，這不過是一種「表演」，用來向家長宣示，校方並沒有放棄任何學生。

但她不介意，她早已放棄拚學業了。

其實她不是愚蠢，只是不屑。中一那年，她在課堂中舉手問老師，為何教科書中的歷史記錄跟她在課外書上看到的有所出入，但老師卻含糊帶過，叫她讀好教科書就夠。自那天起，她便覺得這個社會很虛假，所謂的教育制度，好像是為了複製出一堆能夠穩固現存社會的青年人。只要

他們像扯線木偶一樣，接受一套設定好的思想教育，做好本份，不添煩，不添亂，他們便可以獲稱為「社會棟樑」。然而，他們真正支撐的，只不過是上流人士的權勢、財富、地位。

她把那本課外書中歌德的一句名言銘記於心——「誰不能主宰自己，便永遠是一個奴隸。」她以此警惕自己，不要隨波逐流，要走自己想走的路。

去年，她看到一則有關「出租女友」的新聞，再經網路搜尋，發現這的確是一門生意。雖然網路上對於這個「職業」的批評很多，許多人甚至引用了日本的新聞案例説出其中的危險性，但在她分析過所有的案件後，她明白只要定立規條，守好原則，她就一定不會遇上甚麼危險。

再者，不論有多危險，也不及她留在家中危險。為甚麼？你看下去便明白了。

首先，她定了「最多只可牽手」這個十分明確的行為底線，而且只會接受在公開場合跟客人約會，期間滴酒不沾，不吃也不喝客人遞上的任何食物飲料。她知道定下這麼多的規則，客源方面一定有所流失，但她對自己的姿色

很有自信，她相信自己一定可以吸引到不少「安全」的客人。

　　她還常常說服自己，她只是想滿足別人情感上的缺失，同時賺取外快，與客人可謂互助互利。一切準備就緒後，她開始透過不同的社交平台貼上（修過圖的）個人照片，並以主題標籤（＃出租女友）招客。

　　果不其然，她真的算是挺成功的。瞞著家人當「出租女友」已經大半年多了，由於外貌出眾，她從不同的平台收到超過一百次約會查詢。最後雖然只跟二十五個客人（不少客人後來再找她約會）進行過約會交易，但她也從他們身上賺了五萬多元。以她的年紀和仍是中學生的身份來說，這算是一筆非常豐厚的收入了。

　　最重要的是，她果然極少遇上越規的客人。只有那麼一次，有個好色的客人在電影院裡伸手沿著她的大腿向上撫摸。她大喊一聲，引起了旁人注意。在怒視著那個男人的時候，她忽然心生一計，於是編了個謊言，揚聲說：「甚麼！你患上了愛滋病？你還好意思約我打炮？」隨即起身逃離了電影院。每當她想起那個客人驚愕而尷尬的表情（縱然燈光昏暗，但她也看得很清楚），她便覺得自己算是復仇成功了。

「好的。規矩我都看了，全都可以接受。其實我只是想找一個人聊聊天⋯⋯就租你兩小時吧。要先付費對吧？」隔了半天，Harvey 突然回覆了。

「對啊。」她說，然後留下了付費的方法。接著，她還體貼地傳了約會地點的建議清單給他，並跟他約好了時間和地點。

兩小時後，到了香港人下班的繁忙時段。Harvey 到銀行自動櫃員機轉了帳，付了一千元正，並用手機拍下了轉帳明細表。修圖遮蔽個人資料後，他便將相片傳了給凱琳。

「這樣可以了吧？」他說。

「可以了。你辦事真有效率！」她馬上覆道。

「還好吧⋯⋯那麼，到時見了。」

「等等，可以問你一個私人問題嗎？」

「哦？」他感到有點意外。

「你不會已經有老婆了吧？」看見 Harvey 社交平台的帳號是新註冊的，沒有頭像，也沒有任何個人資料，而且連結到社交平台的臉書帳號也是新開的，她開始有點疑慮。她也是很有專業操守，拆散別人家庭的事，她不想做。

　　「沒有了。這不會影響我們的約會吧？」他似乎有點憂慮。

　　她看見他回覆「沒有了」，意會到他是一個離過婚的男人。還好吧。她的心寬了點，說：「不會啊。其實我只是不想影響到別人的家庭。」

　　「那就好了。」他心裡突然透出一陣刺痛。

　　在約會當天早上，他們再聯絡了一次。確保約會可以如期進行後，他們描述了各自的衣服配搭。

　　那是一個明媚的星期六。中午十二時二十分，凱琳比原定時間早了十分鐘到達約會地點（她想，這是良好的服務態度）。他們約在朗豪坊四樓的星巴克見面，那時客人頗多，但她幸運地很快便找到了兩人的空位，而且是靠窗的。

她望著窗外蔚藍的天空，心裡說：希望他不會悶人。

她穿著一件白色圓領鏤空針織衫，配搭一條米色包臀短裙，交疊著腿，優雅地坐著。她本身已是美麗動人的青春少女，加上懂得化妝，講究衣著，舉手投足都動人心神。從事「出租女友」半年以來，有不少「情人」仍然跟她保持聯絡，也有數人願意再付費約她（所以她才能賺到那麼多錢啊）。

她望望手錶，距離與 Harvey 約會的時間尚餘五分鐘。在熙來攘往的商場內，她只是嫻靜地坐在咖啡廳的一隅，爭取些許時間調整心態，連手機也沒有多劃。

最初在等待「情人」出現的時候，她也會有一絲期盼，期盼著能遇上一個真正的「有情人」。但日子久了，她就放棄這個念頭了。

現實，始終是現實啊。

找她的男人，多半都不過是社會上孤寂的可憐蟲。他們受制於現代教育的木枷，腦袋容不下任何帶有半點破格意味的社會思潮，迂腐而俗不可耐。他們唯一的「反叛」，

就是沒有趁年輕成家立室，這大概是因為他們骨子裡還是渴望著一點「自由」，回家後能夠在壓抑的生活中喘一口氣，而不是面對一個嘮嘮叨叨的女人吧。

「花錢找個美女解解悶散散心就好了。」這可能是他們最奢侈但最享受的消遣了。

話說回來，凱琳根本就不會看上那些男人。她一直覺得自己與這個社會格格不入，自然也與活在這個社會的「正常人」難以相容。可是，不得不說，她真的很專業，她不但懂得做戲，而且十分入戲，跟她約會的客人絲毫察覺不出，她內心竟然如此憤世嫉俗。

不論如何，比起以前，現在的她算是很幸福了。說到底，她每隔一陣子就會得到一個「新情人」的陪伴，私下還有不少「舊情人」噓寒問暖，這樣的關愛，她在家中永遠得不到。久而久之，這種生活再虛空也好，她還是迷戀著這種生活狀態。至少，她不受拘束。

這時候的她還不知道，那些自以為是的快感，在被現實戳破以後，將會淪為無盡的空虛。

五分鐘稍縱即逝。他來了。

「嗨！ Maria ！」一個臉頰瘦削，頭髮微捲的男人，用沉厚的聲線說。

「啊⋯⋯」原本想要調整心情，但已然在發呆的凱琳有點錯愕，說：「Harry ？」

「嗯，是我。」他以為她想先確認他的身份，接著說：「就是用 Line 跟你約好的那個 Harvey。」

她噗的笑了一聲。

她回過神來，頓了一頓，尷尬地說：「糟了，我好像讀錯你的名字了。是 Har......vy 對嗎？啊！我好像又錯了啦！我英文不好，真抱歉耶⋯⋯」她一臉不好意思地抬頭望向他，這才看清楚了他的臉龐。

他看上去約莫三十來歲，臉上的輪廓十分深刻，誠如他之前所描述的，身材略瘦，穿著一件淺藍色的長襯衫，一條印有簡單線條的合身西褲，看上去簡樸而得體。她覺得他有些面熟，可又說不出在哪裡見過他。

「Harvey，」他再讀了一遍，又說：「叫我 Harry 也沒關係。反正都是一個稱呼罷了。」

　　「嗯嗯。」她指指身邊的空位說：「請坐吧。」

　　待他坐好後，她接連地說：「你要買點甚麼嗎？要我幫你嗎？人潮那麼多，佔著座位，不買點甚麼好像有點那個。你不用管我，我已經買了囉。啊！對了，現在開始計時，沒問題吧？」

　　「哦，好。」他起了身，說：「計時吧，沒關係。」然後買了一杯碎朱古力咖啡星冰樂回來。

　　回座位時，他煩惱著怎樣打開話題才好，還好凱琳主動說：「你真的很特別哦。」

　　「哦？」

　　「一般男人約我，都是想我陪他們牽手逛街；但你卻約我聊天。算起來，這兩小時不會很奢侈嗎？」

　　「哈！還真是！好像跟看心理醫生差不多貴耶！」他說。

「可不是嘛！」她說：「你一定有些心事，無法跟一般人說。如果你相信我，可以跟我說啊，我保證不會說給任何人聽。每個樹洞都有一張大嘴巴，但我的嘴巴平時可是封得很嚴密的呢！」

　　「哈，你把話說得真好聽。」他說：「沒事沒事，你就像……就像跟爸爸聊天一樣陪陪我，隨便說點話就好。」

　　「哦？」想起他大概離過婚，她試探地問：「你不會有一個女兒吧？」

　　他有點錯愕，說：「你怎麼知道？」

　　她說：「哈哈！我聰明啊！」

　　他說：「聰明的女生不太討好啊，女生要裝得蠢一點才可愛，才有男生寵。」

　　「是嗎？」她說：「可是哦，裝蠢裝久了，別人就覺得你真的蠢，然後就會用各種謊言來誆騙你，讓你覺得自己活在一個美麗的世界中。但現實呢？當你知道現實的時候，你可能心如刀割，難以承受。畢竟，你不是真的蠢啊！」

「我的姑奶奶，你也太成熟了吧！」他笑説。

嘻嘻一笑，她説：「可不是嗎？」然後笑得更開懷。

她頓了一頓，發現他轉移了話題，但又想打開他的心扉，所以接著説：「那，説説你的女兒吧？」

他遲疑地説：「她啊……説實話，我對她認識不多。只知道她十六歲了，還在唸書。」

她訝然地説：「甚麼啊！竟然跟我一樣耶！」但令她更驚訝的是，這個看上去還很年輕的男人竟然已經有一個這麼大的女兒。她心想：他的年齡應該比看上去大吧。

他説：「是啊，跟你一樣。」

「聽你的語氣，你應該很久沒見過她了吧。」她説：「難怪你會找我，還叫我把你當作爸爸就好。」

「的確很久很久了。」他説。

「你沒有去找她嗎？撫養權呢，沒有爭取嗎？」她好奇地問。

「不爭取了。我的前妻情緒不好，還是有人陪著更好。」他說。

「你還有一個問題沒有回答啊。」其實凱琳是想從這個男人身上，得到一個解釋，了解自己的爸爸為甚麼一直不找她。

「哦，是是是。」他連忙補充，說：「找是找過，見也見了好幾次。在小女娃幼稚園和小學的畢業典禮我都有去。我還記得她在幼稚園畢業表演時那可愛的模樣。」

凱琳心裡一痛。

「對了，你可以說說，你跟爸爸的關係如何，平日怎樣相處嗎？」他好像不想多說，再次轉移話題。

「我啊……」她遲疑了。

「不能說嗎？」他問。

「也不是啦。只是沒甚麼好說而已……」

她歪著腦袋想了想，補充說：「我是說啊，我老爸就是一個凡夫俗子，每天上班下班，把我和媽養得好好的，普通得不能再普通啦！我跟你說哦，小時候，他說要帶我去海洋公園，可最後帶了我去科學館，還騙我說那裡更好玩，更適合小朋友！說到底，他只是覺得門票太貴，想省點錢罷了！想起來真叫人生氣，他還說甚麼我太小，不夠資格玩海洋公園的機動遊戲。他也太小看我了吧！」

　　「是嗎……」他有點懷疑。

　　她嗯嗯點頭。

　　「你是不想提起他，所以在編故事嗎？」他突然帶點嚴肅地問。

　　「啊……」她覺得自己說得很自然，不知道為何被識破，於是坦白說：「對不起啦，我不是存心騙你的。可是我爸早就死了。但我又不想掃了你的興，所以才在胡說八道啦。」言談間，她嘗試竭力掩飾著自己的情緒，以免失了儀態。

　　「早死了嗎……」他低著頭喃喃自語。

雖然人聲喧鬧，但她還是聽見了，以為他真的在發問，所以回答說：「嗯，早死了。他在我很小的時候就死了。」

　　「秀慧果然這樣跟你說啊⋯⋯」一時感忿，他低聲說。

　　「你怎麼會⋯⋯」面前的這個陌生的男人，竟然知道她媽媽的姓名？這使她大驚失色。

　　他心想：糟了！

　　她把手放到手袋上，警覺地說：「你到底是誰？你想做甚麼？你不說清楚我就走了。」

　　看來不能隱瞞了，他歎了口氣，唏噓地說：「琳琳，我就是你那個『早死了』的老爸。」

　　凱琳這時更是震驚。

　　其實她也想過自己的親生爸爸還在人世。可是，她恨這個男人，所以發過誓，不管他是死是活，她都不會去尋找他的下落。這個男人，在她三歲半的時候因為一個情婦而拋棄了媽媽和她，剩下她倆相依為命。難道不可恨嗎？

更可恨的是，在之後的十多年間，他竟然像銷聲匿跡一樣，從來沒再出現過。

當時年紀雖小，但對於他離開的記憶，她還是有的。她曾經問過媽媽：「爸爸為甚麼要走了？他是不是討厭琳琳，不要琳琳呢？」在凱琳的記憶中，媽媽沒有回答，只是那一夜睡覺時，她在房間裡哭得很慘，哭得讓年幼的凱琳徬徨失措。自從那天以後，每逢凱琳再問起，她的媽媽都說那個男人已經去世了。而且，每隔一段日子，她都發現媽媽在凌晨偷偷啜泣。

長大後，她知道，這些年來媽媽一直說他已經死了，不過出於怨恨罷了。但是，為免勾起媽媽的舊痛，她甘願當一個蠢女孩，甘願受騙。再後來，她索性當他真的死了。

在那個男人（對了，就是 Harvey，但這也只是他為了聯絡凱琳而亂掰的網名。他其實叫徐碩宇。）離開了以後，凱琳的媽媽秀慧就一直鬱鬱寡歡，後來還患上了憂鬱症。

在凱琳六歲那年，有一天，秀慧不知道在哪裡受了氣，回到家中突然悲憤過度，竟然不顧一切地吃了一樽子安眠

藥。還好那樽安眠藥剩餘的份量不多,而且外公外婆剛好帶了凱琳回家,發現秀慧昏倒在沙發上,才及時救活了秀慧。

許多人覺得小朋友甚麼都不懂,但根據我的觀察,其實很多小朋友都可以籠統地知道,身邊所發生的大事情的嚴重性。他們的樣子天真,不代表他們不懂得思考,更不代表他們不懂得關心身邊的人。

凱琳天生便是一個敏銳的女生,她自然很明白媽媽的痛苦。所以在很多方面,她自小便表現得很獨立,不需要媽媽的擔心。當然,除了學業方面。

五年過後,秀慧在新公司遇上了一個男人。那個男人起初將她和凱琳都捧在手心,不但處處為她們著想,而且時常買禮物討她們歡心。自此,她的憂鬱症也就緩和多了。凱琳很慶幸媽媽能遇到這麼的一個好男人。不消說,她也很喜歡這一位叔叔,還常常幫他助攻,勸媽媽早點放下過去的痛,接受全新的幸福的日子。

隔了兩年,秀慧終於被那個男人感動了,願意跟他結婚了,還帶著凱琳搬到他的住處一起居住。尚記得在結婚

宣誓時，他不但承諾會全心愛護秀慧，但貼心地說會好好照顧凱琳，讓她們一起成為世上最幸福的女人。

誰也沒想到，他的本性竟然那麼污穢。那個平日裡衣冠楚楚，談吐溫文，情意懇切的男人，原來滿腦子都是淫念。

數不清多少次了，凱琳在家中穿著得較為單薄時，他便一直盯著她看（特別是夏天的時候）。最初，當凱琳疑惑地望向他時，他還懂得迴避凱琳的眼神，凱琳也不以為然。但日子久了，見凱琳沒有進一步的申訴，他竟然得寸進尺，開始肆無忌憚地盯著她的敏感部位去看。她這才意識到危險。

還有一次，凱琳在洗澡時沒有把門鎖好，他竟然裝作不小心地闖了進來。他家中的浴室沒有浴簾，一開門便一覽無餘，嚇得凱琳馬上拿浴巾把自己包住，連水龍頭也來不及關上。更令人咋舌的是，他竟然厚顏無恥地說：「啊，對不起呀琳琳，我不知道你在呢。你不用管我，我尿一下就好。」聽著他急促而響亮的小便聲，她心慌得跪了下來。

他卻笑說：「好了好了，沒事沒事，你繼續。」

幸福似乎與凱琳無緣。但這只是前奏而已。

就在凱琳十四歲生日那天，那個男人趁秀慧要上夜班，竟然闖進了凱琳的房間。其實凱琳每晚都會把門鎖得嚴嚴的，尤其是當家中只剩她和那個男人的時候。怎料，他竟然一直藏著另一副房間鑰匙，直到這天（大概是飢渴難耐了）才拿出來用。

他打開了門，說要替凱琳慶祝生日，強行污辱了凱琳。過程就不細寫了。由於他只是用嘴巴和手猥褻地侵犯她的全身上下，沒有留下任何證據，加上凱琳害怕這件醜事會刺激到媽媽，害她的憂鬱症復發，所以一直含怒啞忍——直到現在。

自此，在許多個秀慧上夜班的晚上，那個男人都抓住機會，對凱琳做一些不留證據的淫行。他還警告凱琳不要告訴任何人，不然事件一定會嚴重影響秀慧的情緒，甚至影響她們母女的關係。而且，她根本沒有證據，只要他沒有收監，在以後的日子，他會有很多機會將自己所有的怨恨都發洩到秀慧身上。

因為太多的顧慮，加上口說無憑，凱琳唯一的解決方

法，就是盡可能不在家中逗留。其實，這才是她急著要外出找兼職的主因。讀不成書，只是一個助因罷了。

讓我們把視線轉回朗豪坊的咖啡廳內。

當徐碩宇說自己是凱琳的父親時，她倔強地說：「不！他已經死了！」

「你的性子真烈得跟你媽一樣。」他沒好氣地說：「你的名字是徐凱琳，在 2004 年 8 月 5 日出生，媽媽的名字是李秀慧，我的名字是徐碩宇，我們以前住在上水彩園邨。我在你大約三歲的時候離開了你們，沒錯吧？」他嘗試讓她無路可退。

雖然事實擺在眼前，但凱琳卻氣得只想馬上離開。

她心裡想：這個男人，就是這個男人！就是這個該死的男人！我和媽媽才會活得那麼悲慘。

急怒之下，她把所有的不幸和羞辱，都歸究於眼前的這個男人身上。再看他一身打扮，日子過得好像還挺不錯，這使她心中的怒火燒得更盛。

凱琳提著某位「情人」送給她的名牌手袋起了身，怒沖沖地看著眼前的這個男人，又編了一個謊話，扯高嗓子說：「你這渣男！新婚未滿一年，竟然便想約我搞外遇！你當我是甚麼女人啊？」

　　她停了停，待更多旁人望過來，才繼續說：「甚麼？你還說可以給我錢？你以為有錢就了不起啊？你這混蛋！」說罷，她心裡雖然仍然憤憤不平，但的確也「爽」了一下。

　　為了把戲做好做滿，她從手袋中取出一千元，狠狠地丟在桌面上，還順手將自己喝剩的咖啡撒在那個已然不知所措的男人身上，然後三步併作兩步，穿過擁擠的人群逃走了。

　　回過神來，他起了身，抖抖衣衫，冷對旁人的指罵和鄙視的目光，急促地追了上去。追到距離電梯五公尺前，他捉緊了她的手臂，激動地說：「兩小時還沒到啊，你就當我是你的客人，陪我再聊聊，好嗎？要不這樣，我付雙倍的價錢好了。不！三倍！琳琳，你以為我真的想多管閒事嗎？你相信我！我沒有惡意！我只是不想看見你繼續……」

「閉嘴！」她厲聲說：「別再叫我琳琳！我的『閒事』也用不著你來管！自從你離開我們的那天起，我們就當你死了啦！你就別再『陰魂不散』了！」她用盡力氣試圖掙脫他的束縛，偏偏他捉得更緊，以至她的手臂感到更加疼痛了。

　　眼見有些路見不平的旁人似乎想要介入了，徐碩宇擺擺手，正色道：「這是我的女兒，希望大家不要插手我的家事。」

　　他帶著憐憫的目光望著凱琳，接著說：「我不奢求你們的原諒。這麼多年了，你們不會知道我有多後悔。現在我只是希望你不要再當甚麼『出租女友』了！這事情已經傳到親戚耳中了！你不會以為自己真的能夠掩人耳目吧？你說啊，這多難看啊！」

　　凱琳說：「你好啊你！你有甚麼資格責怪我？你還算是人嗎？你真正關心的，不過是你的面子吧！你那麼愛那些親戚，你就找他們好了！放開我啊！」

　　「我不是這個意思啦……你真是的！」他說。

旁邊圍著的人還在觀看著這場好戲，有的指指點點，有的議論紛紛，有的還拿出手機在錄影。

他見她還在想掙扎，猶豫了一下，最後選擇了說實話：「其實是你媽媽和繼父好心，不願見你繼續沉淪，但又覺得你最近叛逆得很，無法好好溝通，並且不想揭開你的面具，所以才拜託我去勸勸你。你怎麼忍心辜負他們呢？」

「那繼父嗎？」凱琳不屑地一笑，心想：哼，他自然想我留在家中。然後，她奮力甩開了徐碩宇的手，快步走向電梯。

「不行！你給我回來！」他一個箭步撲了向前，想把她拉回來。

當他再次拉住凱琳的左臂，她已經走到電梯前面了。她用右手握緊電梯扶手，傾盡全身的力氣借力一扯，這無情力出乎意料地大，反倒把那個本來就傾身撲前的徐碩宇順勢拉了下去。

那個男人失了重心，反應不及，竟然滾了下電梯。還好那條電梯很短，而且電梯間人多密集，他很快便被前面

的人牆中止了跌勢。他的身體只是幾處擦傷了，沒甚麼大礙，連忙起身跟附近的人道歉，好生難堪。

凱琳雖然恨他，但一時之間也很擔心。她走下了電梯，見他沒事，欲言又止。

徐碩宇有點生氣，對她說：「好吧！該說的話我已經說了。既然你不接受，那我也沒有辦法。你走吧。」

回想起剛才的意外，凱琳有點後怕，但她倔強地說：「雙腿是我的，我要走自然會走，不用你多管閒事啊。」

徐碩宇又歎了一口氣，轉身便走。

凱琳突然喊停了他，說：「等等！」

他馬上回頭，說：「怎麼了？」

她說：「把我的一千元還給我。」

「我們見面連一個小時都未過，我又沒侵犯你的身體，是你自己走的。我拿回一千，也算合理吧。何況這還是你自己扔給我的。」他賭氣地說。

她無言以對，羞得臉都紅了，轉身欲走。

「等等！」這回他喊停了她，說：「琳琳，剛才提起你的繼父時，你似乎有些惱怒，那傢伙不會對你們做了甚麼壞事吧？」

「沒事。」沒想到他的洞察力那麼強，為免被他看穿心情，她背對著他，冷冷地說：「別再叫我琳琳。」

「沒事就好。」他走了上前，遞上那張沾上咖啡漬的一千元，又從銀包中拿出一張支票，說：「幫我交給秀慧吧。算是我對你們的一點補償。」

只要不違背道德和個人原則，凱琳是不會跟錢作對的。接過鈔票和支票，看了看支票上的金額，竟然赫赫然寫著「參拾萬元正」，她看得目瞪口呆。

「怎麼？不夠嗎？」徐碩宇問。

「你這是甚麼意思？」凱琳問。

「我說了啦，算是一點補償啊。」他說。

「你以為這點小錢可以補償得了？」她又問。

他迴避了她凌厲的眼神，說：「不要就算了。」

雖然他嘴裡說她跟秀慧的性格很相似，但事實是，他們兩父女的性格才最相似，都是那麼好勝，那麼倔強。

「這一千元我收回。」她將支票遞向他的手中，說：「這張支票我們受不起啊！」

他沒有取回支票，靈機一動，說：「這樣吧，這算是我的預付。」

「甚麼？」她不明白。

「未來三百個星期，我每個星期都租你兩小時，這樣總可以了吧？」他說。

他那沉厚的聲線充滿著關愛，好像附上了魔力一樣，讓凱琳感動得啞口無言。隔了不到十秒，她突然哭了。這使徐碩宇手足無措。她也覺得自己很奇怪。她分明恨眼前的這個男人恨到入骨，但在他的溫柔下，她心房中那個幽深的洞，好像終於被填補了一點。

這世上有很多種溫暖，但來自父親的溫暖，是甚麼也無法比擬的。即使你對他懷恨在心。

　　凱琳用手背拭去眼淚，說：「你別再裝好人了，這麼多年來，你說啊，你哪裡去啊？你就像死了一樣啊！」她越說越激動，雙眼通紅了，眼淚忍不住又流了出來。

　　「看來秀慧是沒跟你說吧。」徐碩宇的語氣滿是無奈，說：「這也不能怪她，畢竟是我先背叛了她。」

　　凱琳的心情仍未平復，但她突然覺得這個男人，似乎不是無情無義的人。她突然想起剛才在咖啡廳對話時，他說自己曾經去找過她，還出席了她的畢業典禮。她猶豫地問：「你剛才說的話是真的嗎？」

　　「你指哪一句？」徐碩宇問。

　　她反了反白眼，說：「你真的找過我嗎？你真的來看我的表演了嗎？」

　　他真誠地說：「嗯，幼稚園的、小學的、中學的，只要我從秀慧聽到你的消息，我基本上都有來看。」

「你騙人！」她認為他的樣子不像在說謊，但她不敢相信，那個「早死了」的男人竟然一直暗暗地看著她成長。

　　徐碩宇看看手錶，說：「我還有一個小時三十分鐘吧？我們找個地方坐著說，可以嗎？」

　　她沒有回應，但還是像小羊一樣跟著眼前這個讓她覺得很溫暖的男人走。

　　轉了兩圈，他們還是回到星巴克。他們等了好一陣子才找到位子。等待期間，他們甚麼都沒說，但兩人心裡都多了一份暖意。

　　坐下後，他輕柔地問：「你還要喝點甚麼嗎？」

　　「不用了。」她看看時間，好強地說：「還剩一個小時。我給你一個機會，證明你不是在騙人吧。」

　　「你等等，我先買杯飲的。」他站了起來，說：「你不是說甚麼都不買，佔著位子不好嗎？」

也許是命運的安排，凱琳所讀過的每一所學校，剛好都是徐碩宇的母校。所以當校方舉辦公開活動時，他都可以用舊生的身份回校參與。

　　回到座位後，他滔滔不絕地說話，先是詳細地描述了凱琳在幼稚園畢業表演時跌倒的糗態，接著說出了她小三時在校內運動會的跑項中墊底的窘況，還說了她在中四的校內歌唱比賽中的情況，當然，也不忘揶揄她沒有遺傳到自己的好嗓子，唱起歌來讓人雞皮疙瘩的。

　　除此以外，他還說了一些偷偷去見她面的情況。可能是說得盡情了，他再好好看這個寶貝女兒的時候，她已經淚流滿面了。他遞上了紙巾，叫她不要哭，又說了聲對不起。只是，聽見他說對不起，她反而哭得更慘了。

　　「那你……為甚麼不來跟我相認？」她嗚咽地說：「就是跟我說一句話也好啊……」

　　「你以為我不想嗎……」他說：「你還記得在你六歲時，秀慧傷害過自己的事情嗎？」

　　「記得……」她問：「所以呢？」

他說：「那段日子，我們正式在辦離婚的手續，撫養權的問題也讓我們深受困擾。我一直知道秀慧十分情緒化，但我卻忽略了她，不知道她原來患上了憂鬱症。你可能不太清楚吧，法官在判決撫養權時，首要考慮的是子女本身的利益，雙親的精神健康狀況自然也是評估的項目之一。當秀慧意識到自己的病況很可能令她失去撫養權後，她竟然選擇自殺了。這也讓我十分震驚呢……」

　　「即使這樣，法官最後還是把我留給了媽媽，」她十分疑惑：「這是為甚麼呢？」

　　「因為我放棄了撫養權，我不想奪去秀慧最重要的精神寄託。」他接著說：「你從小便很懂事，我知道你一定能夠好好陪伴和安慰她。為了做得更徹底，讓她更安心，不會再認為我會搶走你，所以我答應她，以後只會偷偷見你，不會跟你說話。後來我還向公司申請了到海外的分部工作，離開了香港。」他說。

　　他接著笑說：「看完你的畢業典禮表演後，我就趕往機場了。嘿！還好我不像你跑得那麼慢啊，不然我就趕不及登機了！」

「怎麼說得好像是我連累了你似的？」她的雙眼仍然通紅，但心情平復多了，笑說。

「這樣說好像有點奇怪，但不得不說，還好你現在那麼叛逆，而且在當甚麼『出租女友』，我才有機會跟你相見，好好聊一聊。你聽我說的，這工作真的太危險了，你就好好地讀書，好好地生活，好好地找一個只疼你一人的男朋友吧。」他溫柔地說。

「知道了，」她說：「你這老爸怎麼比媽媽更嘮叨啊？」

「哦？」他心裡一甜，說：「你叫我甚麼？」

「才沒甚麼！」她說。

突然，凱琳設定的計時器響起來了。

徐碩宇說：「啊！這麼快就兩小時了。」

她嫣然一笑，說：「我每個客人都這麼說的。」

「那麼，我是要加費，還是怎樣？」他説。

「不行了。我約了朋友在附近見面。」她説。

「不會是另一個『男友』吧？」他有點擔心。

「不是啦，」她説：「是我的好閨蜜啦！」

「好吧。」他有點失望，問道：「我們下個星期還能見吧？畢竟我錢都付了啦。」

「那就沒辦法囉。我不想跟錢作對。」她笑説。

「那我先走囉。」他搔搔頭，有點不捨地站起來，整理了一下沾上了咖啡漬的衣褲，又看了凱琳一眼，見她抬頭看著自己卻似乎已經沒有話要説，就準備離去了。

就在徐碩宇離開席位，背對著凱琳的那一刻，凱琳喊説：「爸，要不我們拍個照留念吧。」

她迴避了他回頭時看她的眼神，再説：「私人贈送，不用加費哦。」

把最後一聲晚安留給你

一、她的消失

在一家近海的度假酒店中，雪兒跟海晉站在露台上，面朝著一片灑滿月光的海洋。微涼的晚風輕輕吹來，帶著一種詩意，帶著一種沁人心脾的美感。

「不論未來我們遇到再大的難關，如果你仍然愛我的話，答應我，不要因為愛我而離開我。」雪兒用兩隻小手掌夾著海晉輪廓深刻的臉龐，說：「愛我，就抱緊我吧。」

「幹嘛那麼感性啦？」他捉住她的小手，放在自己的胸腔，情深款款地說：「放心，我是絕對不會離開你的。」然後吻了她的額頭。

那一晚的月光特別清冽，鋪在大地和海洋上，像一層極薄極廣的冰片。莫名其妙地，總感覺，有一份直牽人心的傷感，縈繞著整個世界。

她依偎在他的胸懷中，有一種說不出的悲傷，讓她不敢想像未來。

　　她怪可憐地說：「再答應我一件事吧。」

　　「那麼貪心？」他調侃她，說：「你先說啊，我考慮考慮。」

　　「從今晚開始，把每天的最後一聲晚安，單單留給我，好嗎？」她說。

　　他笑著點點頭，緊緊地抱她入懷。

　　「你不能只是點頭啊！」她淘氣地說：「你要開口答應我才行。」

他沒好氣地笑了一下，接著用右手舉起三根手指，說：「聽清楚囉，我，鄭海晉，謹在此向天發誓——」

　　她噗的一笑，說：「你別開玩笑，認真一點啦拜託！」

　　他用雙手拍拍自己的臉，做個深呼吸，誠懇地說：「我會把每天的最後一聲晚安，單單留給你。」

　　姑且將畫面暫時拉到很久很久以後，你看見了嗎，同樣是在一個滿月的晚上，雪兒正在抱著一隻泰迪熊，獨坐在冷冰冰的沙灘上。她呆呆地望著一片點綴著銀光的大海，說了一聲晚安。

　　好了，我們將視線轉回酒店內吧。

　　海晉用公主抱的方式把雪兒抱了起來，小心翼翼地將她放在一張雙人床上，然後跳了上床，專注地看著她，展露著他那溫厚的笑容，說：「你看天上的月亮，陰晴圓缺，好像永遠在變化。但在我心中，它一直都是圓的。」

　　他又說：「有朝一日，我們的臉上會長出皺紋，像老夫老妻一樣互相指責，有時還會吵得很大聲。那時，你會

　　　　|　願時間善待我們的不期而遇 ＿＿＿＿＿＿

罵我變心了，不像當年那麼體貼了；我大概也會還口，說你也不像當年那麼溫柔了。但我們心裡都知道，我們仍然深愛著對方，這是永遠不會改變的。而且，怎麼互嗆也好，到了晚上，我們還是會睡在一起，像甚麼事情都沒有發生過一樣，溫柔地把每天的最後一句晚安留給對方。」

聽見他的情話，她的心都融化了，紅著臉，把頭顱堆在他的胸懷，羞澀地說：「誰要跟你做甚麼老夫老妻啊！」聰明的女人，從來都不會百分百相信男人的情話；但再聰明的女人，只要愛上一個男人，都無法抗拒情話中的魔力。

「日後，我們就在附近的海濱白教堂辦婚禮吧。」他又吻了她的額頭一下。

她乖巧地點了一下頭，然後把頭顱堆得更貼。

那一晚，他們給對方獻出了初夜。

五年過後，在一個晴朗的中午，海晉拿著一份檢身報告，在養和醫院門口的石梯間坐著，失控地哭。醫生方才告訴他，他證實罹患末期肝癌。付了一筆錢，另外托一所私家醫院做了一個快速檢驗，報告也是大同小異。

他早就察覺到自己的身體有些異樣，但礙於會計師的工作關係，他一直延遲就醫。他也沒想到，實情竟然糟糕到這個地步。只是三十五歲而已，他心裡開始想，上帝為何這樣捉弄他？

確認病況後，他最常想起的，就是當年他對雪兒的承諾。但他清楚知道，他已經無法遵守那個諾言了。

因為，早在一年前，他們已經分手了。

這世上，到底有多少的承諾，消散於時間的洪流裡？又有多少的情侶，相別於俗世的紛亂中？

一年多前，就是在海晉到莫斯科公幹的那三個月期間，雪兒被公司中的太子爺纏上了。其實在更早的時候，這個太子爺已經時常借故在雪兒的身邊出沒了，但那時雪兒的心很硬，他根本無處下手。這個從出生開始便得天獨厚的富二代，心裡有一個信念，他總覺得，他想要的話，身邊的女人都無法抗拒他的魅力。雪兒的拒絕，更加刺激了他的好勝心。

有天，他將雪兒調到自己身邊，擔任他的私人秘書。雪兒和她的同事一下子就意識到這是甚麼一回事。雪兒想

過拒絕，但他竟然將她的薪金調高了一倍。有錢就是任性啊。這時，想到父親最近因為大腸癌復發而入院，醫療支出大增；又想到未來跟海晉結婚需要花很多錢，她果然動搖了。

每個人都有自己的道德底線，但當他或她的人生出現重大變故，那條底線便會變得模糊了。

在年度公司派對那晚，他有意地利用群眾壓力，逼使雪兒喝了不少紅酒。灌醉她，他說要送她回家，卻把迷迷糊糊的她帶進了一家五星級酒店的貴賓房中。之後的場面就不言而喻了。

事後，他答應她，只要她願意跟他保持這段關係，他可以支付她父親所有的醫療費，而且安排全香港最好的醫療團隊去照顧他。也不知道他如何得知她父親的情況，但這的確擊中了她的要害。自此，這段孽緣的情慾火花便一發不可收拾。

她不是聖人，在一個願意為她一擲千金的青年富豪面前，她父親的身體情況實在超乎想像地好（雖然存活率還是不高），與此同時，她也享受到了前所未有的公主般的

奢華生活，她能不服軟嗎？在愛情路上，她軟弱了，失守了，淪陷了，糜爛了。她似乎註定要辜負那個深愛著她的男人了。

有一晚，跟上司完事後，躺在酒店裡一張大床上赤裸著的她，突然感到異常羞恥。她覺得自己的身體比溝渠中的老鼠更加骯髒。她背對著一個射完精隨即呼呼大睡的男人，想起了那個每一個小舉動都能讓她感到溫柔的男人。

她拾起內衣，躲進廁所，開大淋浴花灑，使勁地擦拭身上每一寸的肌膚，特別是乳房和下體。直到身體都擦紅了，乳頭都擦出血了，她才停手。然後，她赤裸地坐在廁板上，懷著莫大的愧疚，用開門見山的手法，寫了一則冗長的訊息，承認了自己的背叛。在文末，她主動提出了分手。

戀愛是兩個人的事，但分手，一個人便可以堅決地執行了。

海晉的手機接收到訊息時，他正坐在俄羅斯經典的越野麵包車上，跟隨當地的同事遊覽景點。他手中抱著一隻剛才由高級品牌店買來的新款泰迪熊，心想：那傻瓜一直

嚷著要我在莫斯科買一份特別的手信給她，這下子總算能完成任務了！

夕陽的餘暉把整個莫斯科染成橘紅色，「紅場」附近的燈飾開始亮起來了，黑夜降臨前的聖巴西爾大教堂散發著古老的莊嚴，讓經過的人不禁肅然起敬。

當麵包車遠離大教堂後，海晉才不徐不疾地掏出手機。在訊息預覽的畫面看見雪兒的名字時，他打從心裡覺得甜滋滋的。然而，下一秒，晴天霹靂。訊息中的第一句像一顆突然擲來的手榴彈，炸得他猝不及防——

「對不起，我出軌了……」

他不願意相信，甚至覺得這是精心設計的惡作劇。他馬上以身體不適為由，自己乘了計程車回酒店。打了十多通長途電話，她仍然沒有接聽。後來連電話都打不通了，他才不得不接受現實。

三個月的公幹期過後，回到香港，海晉帶著行李，坐計程車直接到雪兒家找她。溫柔的人，心裡始終留一個位置，給那個傷得自己很深很深的人。沒想到的是，她已經搬家了。

聯絡她的朋友，才知道她不但搬了家，還辭職了，連電話號碼都更換了，就像人間蒸發一樣。雪兒的家人和閨密也都守口如瓶，沒有透露她的行蹤和聯絡資訊。她身邊最親密的人突然好像都變成了遊戲 NPC 一樣，都用一樣的口吻，勸海晉放手，不要再找她了。

二、他的消失

現在，我們將畫面拉回海晉第一次聽醫生解說驗身報告的場景。那是在一間燈光柔和的小房間內，房間內的擺設很少，顯得乾淨樸素。這時的海晉滿臉倦容，瘦骨嶙峋，但腹部卻脹得像懷孕一樣。

醫生坐在電腦旁，沒有像某些肥皂劇的角色一樣隱瞞病情，也沒有說甚麼安慰的話。他只是看著電腦中的電子報告，專業地解說海晉現時的病況，並提出了一些「紓緩治療」的建議。

海晉以為醫生會說很久，沒想到不到十五分鐘，把該說的話都說完後，他便問海晉有沒有甚麼問題，並且有甚麼打算。海晉第一時間問的，是他還能活多久。

「大約還有三個月，」醫生用平靜的口吻說：「情況好的話可能有六個月。」

親耳聽到這番話，海晉覺得自己被判了死刑。奇怪的是，他清晰地感受到靈魂突然輕散了很多。一直以來纏累著他的，讓他疲於奔命的，令他忿忿不平的，甚至使他充滿成就感的，他突然覺得全都不重要了。

他唯一放不下的，是雪兒。

想起跟她一起度過的美好時光，走醫院門前的那條古舊的石階通道時，他終於崩潰了，失態地哭了起來。

他的內心十分矛盾，既想她在最後的日子陪伴自己，卻又不想她難過，並且不想讓她看見如此落魄的自己。幾經思量，他決定將選擇權交到她的手上。

他寫了一封長達七千字的信，交代了病情，回憶了往事，用文字跟她告別。他沒有寫下任何一句責怪的話，沒有將自己的病情歸咎於她，也沒有懇求她去尋找自己，他只是在信末留了一個美國的地址。

最後，他將信件和體檢報告副本交給了阿茹，懇求她在兩個星期後轉交給雪兒。除此以後，他還交了一隻泰迪熊給阿茹，拜託了她另一件事。

　　阿茹是與雪兒自幼相識的至交。海晉非常肯定，沒有人比阿茹更清楚雪兒的近況和下落；也很肯定在這件事上，沒有人比阿茹更可靠。

　　接下來的日子，他跟一年前的雪兒一樣「人間蒸發」了。他更改了所有的聯絡資訊，租了一間酒店套房，以「海嘯價」賣了香港的物業，辦了資產轉移的手續，飛到三藩市，住在他父母的身邊。

　　兩老在機場接他時，還是笑逐顏開的；但他們一踏進家門，母親率先淚崩了，然後他們仨一起哭了很久。兩老替海晉聘請了一位臨時護理員，又購置了一些極為昂貴的居家醫療設備，讓他能在家中好好地過最後的日子。

　　由於事態嚴重，阿茹在收到海晉的「臨終委託」後，心煩了四天，便決定要將一切都告知雪兒了。

　　阿茹致電給雪兒時，雪兒正在跟客戶辦理申請危疾保

險的手續，所以沒有接聽。阿茹突然想到雪兒剛剛入職這所新公司，還在適應繁重的工作量，暫且不想影響她的心情，所以傳了則短訊，說有急事，約她下班後到她的家相見。

說點題外話。

對，你也發現了吧，雪兒已經轉到一間新公司了，就連職業都換了。原來雪兒還已經離開那個富二代了。她能夠逃出魔掌，也全有賴她父親的憐愛。

自從所有醫療服務都大幅提升後，雪兒的父親就意識到女兒有事情隱瞞著一家人。他透過阿茹的口，終於知道女兒與海晉分了手，為了自己而向一個紈絝子弟投懷送抱。無論身邊的人如何說三道四，他也深信女兒不是一個婊子。他不願自己成為她沉淪的破口，所以他強烈而堅決地反對接受所有升級的醫療服務。

他還勸雪兒：「找回海晉吧。難得遇上有情人啊。」但她覺得自己實在太對不起海晉了。所以請求父親不要跟海晉透露她的下落和近況，好讓他能夠早點心死，早點放手，早點忘記她。

後來不到半年，雪兒的父親便去世了。這世上最疼她的人去世了。她每晚都被思念纏繞，心痛難耐。在寂寞的夜裡，她時常想起父親的一句「找回海晉吧」。

　　好，回到正題吧。

　　到了晚上，阿茹在雪兒的新住址樓下等她下班。阿茹以「雪兒，你先要冷靜一點」開頭，將一切告知了雪兒，並轉交了海晉寫的一封信和一份體檢報告。聽到海晉的壞消息後，雪兒沒有很大的反應。她的反應太過平靜了，這反而使阿茹更加憂慮，畢竟自從她父親去世後，她的情緒實在太不穩定了。

　　在阿茹的陪伴下，雪兒安靜地看完海晉的親筆信。雪兒覺得這是他精心設計的復仇計劃，或者是他為了跟她聯絡而採取的激進手段。她再三用網上字典翻譯了報告中的專業字眼，然後又把親筆信仔細地重看多一遍。終於，她哭了。

　　阿茹不敢打擾雪兒，一直只是紅著雙眼，坐在她身邊，默默地看著她將信件和報告反覆查閱。在雪兒的淚水決堤時，阿茹抱著她，陪她哭到接近天亮。兩人都哭得眼睛腫痛，喉嚨嘶啞了。

剛好，那一晚，又是月圓時份。這晚的雲層又低又厚，像一張灰暗的棉被，包裹著整個夜空。只有較為稀薄的雲層偶爾吹過，月亮才朦朦朧朧地顯現片時。一有機會，它便把悲涼的目光投向整個城市。每一個被它看見的人，心裡都會涼了半截，驀然感傷。

三、她的離開

隔天清晨，阿茹見雪兒的心情平復了許多，便上班去了。

徹夜未眠，雖然雙眼紅腫乾澀，但雪兒仍然沒有半點睡意。

她接連打了十多通電話給海晉，果不其然，全都打不通。她的心像是被懸吊在高空一樣，每一口呼吸，都使她的心冷得打顫。

其實這一年來，她總是被一種虧欠感纏繞著，每天洗澡時都覺得身體非常骯髒。她已經擦傷了很多衣衫能遮蔽的肌膚了，有些地方還發炎發爛，她的身體亦因此隱隱透出一股怪味。但不論她怎樣擦，她還是對自己感到十分厭

惡。愧疚、傷痛、皮膚病、失眠、憂鬱症，加上喪父之痛，使她每天都飽受折磨。要不是有母親及阿茹的開解陪伴，還有各類藥物的紓緩，她根本不可能重投社會。

現在雪兒再次受到刺激，又開始亂想了。她認為海晉的癌症，或多或少是她造成的。要不是她去年給了他那麼大的打擊，他就不會透過工作麻醉自己，也不會因為工作過度而患上絕症。她想：也許我是一個受到詛咒的女人，會為身邊愛自己的人帶來不幸。

她在浴室中瘋狂地擦拭身體，直到痛不可耐，才穿起長袖衫和牛仔褲，下樓買了三樽伏特加，獨自在家中一邊喝，一邊哭。

喝著斷腸的酒，突然，她又想起了去年那個摧毀了她的幸福的晚上。她抓狂地將手邊的酒瓶擲向牆壁。頓時間，酒氣充滿了整個房子，玻璃碎片散落一地，好像滿天星斗都墜落了下來一樣，有些碎片將她前額、鼻子都割傷了，要不是她有衣物遮掩，她一定會受更多的傷。

她拿起較大的一片碎片，腦海裡萌生了一個可怕的念頭。

願時間善待我們的不期而遇 _____

正當此際，公司的上司致電來查問她缺勤的原因了。因為這通電話，她冷靜了一下子，將踏進鬼門關的半條腿撤了回來。

她向上司道歉，請了一天病假，然後處理了傷勢。看見家裡凌亂不堪，她猶豫了一下，最後還是把房子清理整潔了。在清潔期間，她似乎想清楚了。

隔天早上，她回公司遞上了辭職信。然後，她兌換了一萬美元現金，帶上銀聯借記卡，沒有計劃太多，便買了前往三藩市的機票。十天過後（就是在海晉指定讓她得悉這個惡耗的日子），她認為海晉應該在那邊安定下來了，便帶同旅行用品和藥物，離開了這個充滿壓抑感的城市。

轉眼間，雪兒已經按照海晉留下的地址，抵達了三藩市的倫巴底街。

倫巴底街是美國舊金山一條著名的街道。整體而言，這條街道又長又直，來回兩條行車線十分寬闊，兩旁排列著設計簡單的低矮洋房，十分舒適宜人。你可能也聽聞過，在街道的東側，有一小段路由八個急彎組成，加上路旁種

滿月季花和繡球花，所以那段路被特別稱為「九曲花街」，可謂是舊金山的代表地標。

而海晉就是住在「九曲花街」的附近。

那天中午，天空蔚藍得好像是用小畫家的「油桶」功能填入色彩一樣。街道間佈滿的花叢散發著沁人心肺的清香，陽光肆無忌憚地灑滿全地。

「叮噹——」

一座洋房的門鐘響起了。很快便有一位亞裔阿嫂過來開門。

「你好，」雪兒説：「請問海晉在嗎？」

應門的是海晉的臨時護理員，原來她不懂中文，所以喊了家中兩老過來。

「你一定是雪兒了。」海晉的母親急步走到門口，主動牽住雪兒的手，説：「快進來，快進來。」這老婦人頭髮花白，衣著簡約，但給人一種雍容華貴的感覺。

海晉的父親也過來了，他白髮蒼蒼，身穿一套休閒運動服，在一旁展現著微笑，樣子非常溫和寬厚，跟海晉像極了。他說：「快進來，不用客氣啊。」兩老好像已經認識了雪兒很久一樣，即使他們仁今天才第一次碰面。

　　受到這般熱情的招待，雪兒有點不好意思，但又覺得很親切。原本她心裡忐忑不安，不知道應該如何面對海晉，這下子心情倒是輕鬆了不少。

　　這座歐陸風格的洋房從外面看起來不算很大，但由於室內擺設不多，內部看起來甚為寬敞開闊。走到二樓走廊最盡頭，兩老指了指一間開著門的房間。房間裡面傳出使人心情愉快的音樂，如果你懂得古典音樂，你一定聽得出那就是貝多芬創作的《春》（Violin Sonata No.5, Op.24）。

　　「我們不打擾你們了。」兩老扶著對方，緩緩地下了樓梯。雪兒笑著點頭道謝。

　　雪兒再次緊張起來了。想到海晉向來注重儀容，自尊心也很重，現在他一定很介意自己的外表，所以她盡力控制住自己的表情，希望見面時，自己表現得不會太過驚愕，也不會擺出很可憐他的樣子。

「你在門口吧？」海晉突然說。他似乎已經很盡力地喊出來了，但因為中氣不足，說話無力。

她遲疑地走到門前，只見他穿著寬身衣物，坐在落地大窗前面的電動輪椅上。他的身邊有一張皮製沙發，旁邊擺放著一套好像很高級的音響設備。這時的他臉色發黃，雙頰凹陷，眼神疲倦，身體狀況明顯欠佳，縱然他微笑著，但仍然給人一種憔悴的感覺。

海晉沒有因為雪兒的到來而有過多的驚訝，聽到門鐘響起，他的心便溫暖了起來，自覺生命氣息也旺盛了幾分（雖然別人看不出來）；與此同時，他內心也十分害怕（雖然別人也看不出來）。她出現了，代表著她已經知曉他的情況。我們總是渴望最愛的人能關心自己，但又害怕讓他們過度擔心。

他們相對無言，時空好像凝固了一樣。

「雪兒，」他率先打破僵局，氣虛地說：「你還好嗎？剛下機，你應該很累了。快過來坐坐吧。」

明明是他患上絕症，但他還是憐香惜玉地問候了她，

| 願時間善待我們的不期而遇 _____

感覺就像她才是病人一樣。啊，你還真別說，之前也描述過了，在心理的層面，雪兒的情況大概比他更嚴重。但他其實不知道，她的內心經已如此支離破碎。

她呆住了，不懂回答。

「欸……關於世伯的事……我也很難過。希望你快點釋懷。」見她沒有反應，他試著說點別的。

聽見海晉的安慰，雪兒好像得到了救贖一樣。其實悲觀的她想像過許多遍，也許海晉見到她後，會怒不可遏地斥罵她。雖然這不符合他的人物性格，但也不無可能吧。他的確有責怪她的權利啊。

她沒有回應他的慰問，靜默地把行李箱放到一旁，問：「洗手間在哪兒？」

他指一指房間的右手邊。

整理過妝容和心情，並且在全身上下噴了濃烈的香水後（她很怕身上皮膚發爛的異味被他聞到），雪兒坐到沙發上，關掉了音樂，關切而嚴肅地問：「何時發現的？」

「一個月前吧，」他像在陳述另一個病人的情況般，平靜地回答：「其實我早就覺得身體有點毛病了。」

　　「那你還不早點看醫生？」

　　「傻啊。」他說：「最初不過是肚子痛，後來胃口大減，再後來連基本的工作都負荷不了……哈哈，不得不就醫了。誰想到命運那麼壞。」

　　「那──」她又問：「還剩多久？」

　　「多則半年，少則三個月。」他哈的一聲笑出來，代替了一聲歎息，道：「其中一位醫生說我挺倒楣的。」

　　「怎麼回事？」

　　「沒事啦，」他掩飾著情緒，盡量把話說得很輕鬆：「只是癌細胞已經入侵了血管，擴散到肺部了。」

　　「……」

　　雪兒心裡想，這個男人就是這樣的了，每次遇上大事情，嘴邊都會說沒事，並且把事情說得稀鬆平常似的。

對話至此，她就沒有再說甚麼了。也不是無話可說，相反，她還有很多很多的話卡在喉嚨。可是，不知不覺間，她已經淚流滿臉了。她的眼淚好像翻騰的浪，瘋狂地襲來。接著，她激動地哆嗦著，無法發出除哭泣以外的聲音。

　　他也哭了——儘管他一直故作堅強。

　　讀者們啊，我想跟你們說，軟弱疲乏的時候，如果你想哭，哭吧，你已經夠辛苦了，不要連自己的情感都犧牲掉了。

　　傷感是會傳染的。他們倆都忍不住了，像與父母失散的小孩一樣，失態地、瘋狂地、大聲地哭了起來。他們一邊嚎哭，一邊聽著對方此起彼落的哭聲。也不知是她陪他哭，還是他陪他哭。他們心裡十分難過，也十分不捨。這可以說是他們一輩子之中，哭得最悲慟的一次。

　　由於哭得太過激動，海晉的腹部傳來了一股劇痛。他掩著肚子，痛苦得臉容都扭曲了，幾乎從輪椅上倒下來。雪兒簡直嚇壞了，所有的傷感頃刻間化為擔憂和自責。她心底裡認為這是她的錯，她不應該讓他那麼難過的！

但在那一刻，她其實驚慌得連自己的情感變化都難以細察。她只是慌張地抱住海晉，不斷疾呼求救。

　　護理員阿嫂很快便跑了進來。她冷靜而迅速地從醫療箱中取出了止痛劑和鎮定劑，用針筒謹慎地控制份量，並注射到海晉的體內。其實把這兩種藥物混合使用是十分危險的，但眼見海晉情緒失控兼且疼痛難耐，護理員阿嫂也顧不得太多了。

　　接著，護理員阿嫂請求了雪兒的幫助，合力將海晉扶上床，讓他好好休息。

　　藥物很快便發揮了作用，海晉迷糊地說：「不要走……」他感受到，有一隻溫柔的手正在撫摸著他的額頭。他以為那是雪兒。

　　但其實雪兒在看見兩老慌忙地進門後，便內疚得渾身發抖。她低著頭，眼神閃縮，不敢直視兩老，淚珠一顆一顆地滴到地上，嘴巴不知道在嘟嚷著甚麼。過了大約三十秒，她便急忙地拖著行李箱離開了。

　　一直坐在海晉身邊的，是他的母親。

「那女娃也真是的……」海晉的母親說。

「別怪她了。畢竟她千里迢迢過來探望阿晉啊。」海晉的父親說：「她也沒想到吧。」

「我沒怪她。要見她，是阿晉的遺願。怎麼說也好，她也是圓了阿晉在這世上最後的願望了。」她說：「我只是覺得她不必離開啊。」

「她一定是害怕極了。」他說。

「也不知道她一個女娃可以去哪？」她擔心地說。

「她會再來探望阿晉吧，」他說：「我猜。」

最後，她沒有回去。

她在一家旅店的房間裡憂鬱了兩個星期，其後，她的心情終於平復了。接下來的三天，由早到晚，除了吃飯和上廁所外，她都坐在「九曲花街」附近的樓梯間，遙遙地望著一座歐陸風格的洋房，希望能透過那個落地大窗見到海晉的身影。

可惜，她始終沒有等到他的出現。她猜，也許他還病床上呢。雖然她沒有主動去按門鐘的勇氣，但她心裡決定，如果碰見他的父母，就上前打招呼吧。然而，命運沒有善待她的耐心。

在第四天的清晨，她上網買了一張昂貴的即日回港機票。下午便登機了。

可能有些人覺得她太過脆弱，也覺得她走得太突然，事實上，她自己也這樣想過。只是，有誰體諒她的軟弱呢？有誰知道她的難過呢？有誰認同她的決絕，對他們雙方而言，都是一份堅定的溫柔呢？

四、他的留言

在海晉寫給雪兒的那七千字的訣別信中，他提及過，不論她最後決定是否到美國探望他也好，他都不希望在她的面前淒然死去。他在信中說自己的樣子已經夠醜了，臨終之前，一定更加不似人形。

所以海晉告訴雪兒，在他只餘大約最後一個月的壽命時，他會拒絕再與她相見。而且，他會託父母將他的死訊

轉告一個「可靠的人」，而那個「可靠的人」，在收到他的死訊後，會將一隻泰迪熊轉交給她。

簡單而言，當雪兒收到那隻布偶，便意味著海晉已經過世了。

在雪兒從美國回港的兩個月後，某個星期六的下午，阿茹突然說要將一件物品交給她，約她見面。雪兒馬上有了不祥的預感。她想不到這一天來得那麼匆促……

雪兒甚麼也沒有做，甚麼也沒有想，只是坐在沙發上呆呆地等待門鈴響起。

「叮咚──叮咚──」

終於，門鈴響了。不出所料，阿茹真的帶來了一隻泰迪熊。

這隻布偶跟出生半年的嬰兒差不多大，在剪裁設計、布料成份、車工品質方面，都是極上乘的，布偶的左腳上，還印著一間名牌店的商標。雪兒一看見，便很喜歡它。但她一點兒都不高興，表情十分凝重，她寧願一輩子都收不到這份禮物。

雪兒漠然地接過布偶，把它放置在枕頭旁邊，然後回到阿茹的身邊，說：「謝謝你。」再一次，雪兒非常平靜。別忘了，暴風雨的前夕，總是最平靜的。

　　熟悉她的阿茹馬上察覺到她的異常，說：「我今晚陪你過吧。」

　　「不用了，」雪兒無意間模仿了海晉的口吻，說：「沒事啦。」

　　「你別騙我了，」阿茹說：「我還不清楚你嗎？」

　　「真的沒事啦。」雪兒說。

　　「這樣吧，我今晚就睡在沙發，你不用管我。」阿茹說。

　　「好了啦！我說沒事，就是沒事！你怎麼好像聽不懂一樣？」雪兒知道她的好意，但她的情緒已經有點失控了。

　　面對著阿茹，雪兒極少那麼煩躁。這時，個性柔弱的阿茹嚇得噤若寒蟬，欲哭無淚。

雪兒察覺到自己語氣重了，道了歉，並儘量好聲好氣地再次請阿茹離去。無奈之下，阿茹惟有說：「好吧。我先回家了。我的電話長開著來電鈴聲，你想人陪的話，一定要立即告訴我。就算是凌晨也可以啊。」

　　雪兒報以溫和一笑，然後打開了家門。

　　接著，她躺在床上，抱住海晉留給她的遺物，一動不動地盯著天花板。她的眼淚默默地流下來，沾濕了枕頭，好像擴散的病毒一樣，漸漸地蔓延開去。

　　夜幕初臨時，雪兒化了個極簡妝，穿上海晉以前送給她的法式連身裙，提了個迷你手袋，攢著那隻泰迪熊，獨自乘坐計程車到了愉景灣渡輪碼頭。直到下了車，她才意識到自己沒有穿上鞋和襪。她赤著腳走到附近的商場，買了兩樽螺旋蓋式的伏特加、一包最貴的煙、一個打火機，把它們全放進一個膠袋內。

　　你大概也想像得到，雪兒的肩上現正掛著一個單肩袋，左手提著一個白膠袋，右手攢著一隻泰迪熊，給人一種不太自然的感覺。

雖然有不少途人察覺到她的怪異，但誰也沒有上前慰問。

　　她徐徐地走到大白灣沙灘，在海浪剛好觸及不到的海沙上坐下來，任由沙子黏滿裙子和雙腿。這片海灘埋藏著她和海晉的共同回憶。她一坐下，回憶便冒出來了。

　　海浪一層一層地湧過來，然後又以同樣的勢頭退回去，好像想為雪兒帶來點甚麼，又好像想搶走她的甚麼似的。此起彼落的浪潮聲，好像一個喋喋不休的說書人，訴說著一個個聚聚散散的故事。

　　當夜色濃了，最後的一對遊客都離開了，雪兒的心也就像解除了封印一樣，所有的悲傷突然從中一併湧出。你聽見嗎？她正在聲嘶力竭地哭泣，哭得比浪潮聲更響亮、更連綿。

　　哭到月亮和星辰已然明顯地轉移了的位置，她仍然無法排解心中的悲痛。她一邊流著淚，一邊扭開酒樽蓋子，隨手將蓋子拋在突然湧過來的浪濤上，大剌剌地喝起酒來。

她買的這種伏特加酒精濃度不高，比起一般的酒，更似汽水，很易入口。在喝完第二樽酒後，她也完全沒被酒嗆過。這樣的酒是最容易讓人在不知不覺間喝醉的呢，還好她嫌重，沒有買太多。

　　喝完酒後，意猶未盡，雪兒叼起一枝香煙，手法生疏地點燃起來。這時，一陣海風剛好迎面襲來，熱烘烘的煙霧薰痛到她眼睛，煙頭的小火星同時燙痛了她的鼻子。她痛得「啊」的驚叫起來，嘴一張，煙便掉到細沙上了。煙頭沒有熄滅，在濃濃的夜色之中，倒像一顆星星從天上掉下來了。

　　其實，她從未完整地吸過一枝煙。只是，在無人的夜裡，坐在海邊喝伏特加、吸煙，是海晉生前最享受的嗜好。她覺得，今夜的她，應該要學學他，在放縱的過程中釋放內心。大概，這樣才夠蒼涼吧。

　　人就是這樣，有時會心甘情願地陷進一份傷感的氣氛，讓自己沉溺得更深更深，一邊哀歎，一邊沉淪。

在海風輕拂下，最後一絲若隱若現的白煙伴隨著雪兒欲斷難斷的哭聲，搖曳緩慢地飄上夜空。夜空中，又圓又大的月亮雖然囂張地散發著光芒，但她的銀光卻蘊含著掩飾不掉的孤寂。月亮之下，雪兒像是林黛玉向寶玉還淚一樣，久久不能止住淚水。

　　忽然，一層浪濤「啪」的一聲誇張地撲過來。正當此際，雪兒彷彿聽見了很久很久以前海晉抱著她時所說的一句：「我會把每天的最後一聲晚安，單單留給你。」

　　同樣是在一個滿月的晚上，雪兒卻永遠無法再感受到同樣的溫暖了。她抱住海晉留下的那隻泰迪熊，獨坐在冷冰冰的沙灘上，痴痴地對著空氣說了一聲：「晚安。」

　　望著一片廣闊而閃亮的海洋，她的腦海浮現了一個意念，催促她潛到海底，騎著海豚，離開這片寂寞冰冷的陸地。

　　起身後，她不捨而用力地抱了那隻泰迪熊一下，當作訣別儀式。

無意間，她觸碰到布偶鼻子內的隱藏按鈕。原來這隻泰迪熊是有錄音功能的，與別不同的是，一旦錄了音，便永遠不能重錄，只能播放。觸動按鈕後，過了一秒，泰迪熊內裡傳來一把溫柔而熟悉的聲音──

　　「親愛的，晚安哦。」

再次回憶
——父親

當一個重要的人從你的身邊離去，
而你卻無能為力，你便只能愧懟終生了。

當你真正想念一個人時、
他大概已經離開了你,
很遠很遠。

附｜再次回憶——父親

到底多久沒有感受過「清閒」的感覺呢？

在我入職的第三年，每次回到工作崗位，就算難得遇上工作量不多的日子，心裡還是覺得很壓抑；就算消耗的體力不多，但從清早撐到傍晚，身子還是覺得很疲累。如此熬了三個多月，在那年的十二月初，我終於病倒了。

那天早上起來，意識迷糊得很。我勉強爬起身，勉強梳洗，勉強地走到最近的診所，一回到家，便「斷片」了。真正甦醒過來時，已經是下午五時多。我還躺在床上。病況好了很多，但滿心都是過度浪費時間後萌生的罪疚感。

想起缺席一天累積下來的工作量，滿腦子便自我催促著：該做點甚麼（我前一天下班前已經深知不妙，帶了點課業回家批改）。也許睡太久了，我一下床便滿眼白星，連忙坐回床邊，突然便很想放棄工作，將一切都撒手不管。

又睡著了。

直到為了提醒自己吃藥而設的鬧鐘響起了，我才不情願地下床。

吃完藥，回到房間，訝然發現房間堆積了許多雜物（平時真的不太注意得到）。原本只是想隨手收拾一下，沒想到恍恍惚惚間，竟然連同家裡另一處的舊物都一併拾掇起來。偶然間，我找回遺失已久的一副象棋。

這副象棋的紙皮包裝已經磨損了，每顆木製棋子也經受過年月的漂染。外人看見，怕是會把它扔了吧。但當我發現它時，卻是怦然心動。

我九歲那年，父親在某天心血來潮，買了這副象棋送給我和哥哥當玩具。他說：「玩遊戲機，不如玩象棋啊！益智得多了！」他還親自指導，教我們每一隻棋子的擺位和行動模式。

待我們熟悉了基本的玩法，他又教了我們一些套路，說明了棄棋和獻棋的重要性。可是，無論我們如何認真學習，隔了很久，我們都未能勝父親一局。見我們玩得沒趣，

為了提高我們的成就感，他便自砍雙馬、雙車或單車單馬來遷就我們。我們這才能夠偶然獲勝。

到了後來，因為電子遊戲越出越吸引，我和哥哥就越來越少跟父親捉棋解悶了。當時年幼，只想到自己需要解悶，哪想到父親的心情呢。

父親在我們年幼時遇上了一場嚴重的交通意外。

那時我大概只有五歲，跟七歲的哥哥和媽媽一起住在鄉下的外婆家中。父親因為看好香港的發展，輾轉偷渡到了香港，還獲得了居留權，到了那個離我們好遠好遠的地方工作。

父親每一次回鄉，都會帶回一些新奇有趣的玩具，讓我們滿心歡喜；只是，通常不到一個星期，我們便要到車站目送他離去（長大後，我不時會發同一個夢，夢見我在鄉下的公路上不斷奔跑，追逐一輛大型的旅遊巴）。

於香港工作期間，父親幾乎每天都騎著自行車上下班。某天清晨，他如常地上班，經過一個行人疏落的工業區時，一輛大型貨車突然高速駛近。事出突然，父親根本躲避不及，最後被猛烈地撞倒了。

據他回憶說，意外發生時，他瞬間失去了知覺，不知隔了多久，他模糊間覺得自己全身上下的骨頭都碎裂了，動彈不得之下，他感受到自己的血液和生命不斷地流逝。

　　接著他便昏迷了。

　　那場車禍使父親的頭部和雙腿都受到了非常嚴重的傷害。在搶救手術過後，他陷入了深度昏迷。父親在香港的一位摯友得悉噩耗後，便馬上通知我們。母親將我和哥哥交託給外婆，隨即以緊急事故為由，辦了訪港快證（還好兩地政府有所通融），到香港照顧父親。

　　醫生曾跟母親說，他的性命原本應該是保不住了，就算僥倖得救，也有很大機會變成植物人。但父親的命很硬，他竟然活了過來。

　　還記得母親抵港並探望父親後，第一次致電給我們時，我們被同村的鄰居喚到村口賣雜貨的小店去接聽電話（那時我們的鄉村還未發展，通訊設備非常落後，就只有那間雜貨店可以打長途電話）。

　　通話時，母親的語調非常不穩定。她好像想要隱瞞事

情的嚴重性，不想我們過度擔憂，卻又藏不住心中的焦慮，所以說起話來，一時平靜得超乎尋常，一時緊張得言語雜亂，實在讓我們摸不著頭腦。

我和哥哥雖然少不更事，但也不是傻子，自然知道事情有多遭糕。我們都不懂得安慰母親，所以聽完她的電話後，我們沒有多說甚麼，只是叫她不用擔心我們，便把電話交給外婆接聽。

現在回想，我們真的太不體貼了。要知道母親到港不久，身邊沒有可以交心的人，最愛的人還在病床上垂死掙扎著，她一定承受著巨大的悲傷，而我們卻表現得那麼冷漠⋯⋯真想跟當時的她說聲：

「對不起。」

外婆掛上電話後，付了電話費，隨即緊緊地抓住我們的小手，又拖又扯，急促地領我們回家。一回到家，她便擁著我們痛哭，哭得淋漓盡致。我心裡雖然又憂慮又哀痛，但卻哭不出來。我該怎樣哭，才能表達出我的內心的苦痛？不，我真正想問的是，我該怎樣，才能把心中那種斷腸的痛歇斯底里地釋放出來？

我目瞪口呆，腦海一片空白。

　　接下來，我們幾乎每天都會收到母親的來電。一天，神蹟發生了！母親來電，興奮地說父親渡過了最危險的關頭，生命跡象神奇地穩定了下來。為了慶祝，外婆還在雜貨店買了我們喜愛的零食回家。而她，買了一瓶酒。

　　再過了不知多久，接受完物理治療後，父親的雙腿還喜出望外地恢復了行動能力（但走起路來踉踉蹌蹌的，所以有一段時間他需要撐著拐杖走路）；而且，腦部的創傷也恢復得離奇地好。

　　只是，他已經不是從前的他了。

　　猶記得，他「康復」後，第一次回鄉探望我們時，我和哥哥都差點認不出他來。他不但拄著拐杖，而且頭頂禿了一大截，手術後留下的「深坑」清晰可見，以往神采英拔的面容，已然變得慵懶頹廢。

　　唯一不變的是，他依舊買了一些新穎的玩具回來。

　　那天，我終於哭了，把所有累積的哀傷狠狠地哭了出來。

全家的人都莫名其妙，外婆還斷定是哥哥搶我玩具了。不是的，不是的，不是誰觸動了我，而是我終於意識到，那場意外永遠地奪走了，我的那個魁梧健壯、機智幽默的父親。那個「新的父親」讓我感到很陌生，甚至有一段時間，我十分討厭他。

　　精神和心理科醫生曾經替父親做了非常詳細的檢查和診斷。他們發現父親的情緒智商大幅下降，言行間帶有暴力傾向，發怒時會控制不住自己，做出過激的行為。最後，他們都斷定父親不適合長期受壓。簡單而言，他喪失了工作的能力。後來很長的一段時間，我們一家只能依賴著車禍賠償過日子。再來後，母親也不得不一邊照顧我們三人，一邊外出工作。

　　有這一位母親，真的是我生命中最大的福分。

　　不知道是獲得政府的體恤，還是經過甚麼繁複的手續，母親終於獲得了香港的居留權。聰敏的她隨即也替我和哥哥辦理居留文件。我也是聽親友說才知道，那時她在兩地的出入境辦事處受過不少氣，還好最後在廣州遇上一位好官員，我和哥哥才可以獲批准到香港居住。

大約七歲的時候，我們一家終於可以正式團聚了。

　　來港初期，我們還在公屋居住。那是一間開放式的房子，睡房、客廳、廚房，都是一進門便盡入眼簾，沒有牆板分隔。家中唯一的「房間」，便是廁所了。住慣了內地的大屋大宅（雖然又破又舊），一時三刻，我實在無法接受這樣狹窄的空間，所以我和哥哥許多時都會外出玩耍，一來是覺得屋內擠迫感太大，二來是想盡量地避開那個經常變得狂暴的父親。

　　隔了一年多，母親下定決心，用很大部分的車禍賠償在一個私人屋苑買了一所三房一廳的新房子，好讓我和哥哥有多點獨立空間，減少與父親在家中的磨擦，使一家人都住得舒服一點。

　　母親大膽的決定真的奏效了。少了與父親正面相對，我們之間真的少了很多衝突，關係也變得沒以往那麼糟糕。

　　許許多多的日子，放學回家後，我都見到父親坐在主人房的實木長櫈上，無所事事，鬱鬱寡歡。母親為他設了

一部小電視在房間內（還記得這部電視經常發生故障），又不時帶他到圖書館借書，但他仍然是一蹶不振的樣子。

父親心情好時，會跟我向哥哥下象棋，關心我們的近況，像所有家庭裡的慈父一樣。但每當他情緒低落，變得異常暴躁時，我們就會相當害怕，不敢隨便接近他。有好幾次，他還因為怒不可遏，而傷害了我們（雖然他通常打的，都是我哥）。

這就是我們討厭他的原因了。直到我們長大了，不，這樣說更準確，直到父親過世很久很久以後，我們才學懂體諒，知道後悔。

當一個重要的人從你的身邊離去，而你卻無能為力，你便只能愧歉終生了。你可能會想盡辦法去彌補，但你永遠不能填滿內心的空洞。不是嗎？你根本修復不了自己在過去親手撕開的裂縫。

父親過世十四年了，但每一次夢見他，我的心仍會痛得像被藤枝抽打一樣。就是寫稿和修稿的當下，淚水也一直在我的眼眶打轉，好不辛苦。

我深切明白，心痛也有一個潛伏期。失去一個人的初期，我們還不太會感受到它的鋒利。直到遇上一個觸發點，你終於認清事實，確切地知道那個人永遠不會再回來了，那份痛才會全然發作，銳利刺骨。

　　在父親遇上車禍前，我和哥哥還很幼小，每次一家人外出，他都會走到最後，以防我們走失，確保我們每一個的安全；在他遇上車禍後，每逢外出，他仍然走在我們身後，只是，我們已經長大了，用不著他時刻保護了，他不過是身不由己罷了。

　　我很少回頭看他，在趕急的情況下，我還會嫌棄他走得太慢；遇見校內相識的人時，我還會走得更遠，避免別人知道我有一個殘障的父親。年少時，我認為有這樣的一個父親是一種恥辱；現在啊，我認為那個「年少的我」，是我一生中最大的恥辱。

　　十歲那年的聖誕節，我們一家到了尖沙咀海旁觀賞燈飾。在那熙來攘往的星光大道上，母親費盡氣力地牽著活蹦亂跳的我和哥哥。父親已不需要用拐杖借力了，但因長年缺乏運動而發脹的他走得比以往更慢。

他默默地走在我們的後方，應該在注視著我們吧。我們卻像遺忘了他一樣。

我們一時被後面的人潮推迫得像順流而行，一時又被前面的人牆壓得像逆流而走。隔了不知多久，母親回頭一看，突然「啊」的一聲大叫了起來，我們這才發現父親不見了！

也不知道該怎麼說才準確——到底是他不見了，還是我們不見了他……

那個年代，手機不像今日普及，況且父親通常都獨留家中，固網電話已經夠他使用，所以他身上全無通訊設備。母親緊張地握住我們的手，一直在人群中放聲呼喊。我認為父親畢竟是成人，能夠照顧自己，母親著實過於大驚小怪，心裡頓時覺得羞死了。

半個小時後，我們仍然找不回父親。母親領著我們，聲淚俱下地找維持秩序的警察求助，說父親遇過車禍，雙腿行動不便，腦袋不好使，連家裡地址也記不清楚。直到這個時候，我才意識到事情的嚴重性，也禁不住哭了起來。

除了哭泣，我甚麼也做不了。這樣的哭泣，其實也是一種禱告吧。

忘了到底多晚了，總之是在人潮漸而散去的時候，其中一名警察領著我們三人，走到海旁的一角，說有同事似乎幫我們找到了父親，讓我們去相認。還未走近，單憑著父親胖墩墩的身形輪廓，我們一眼便認出了他。

他抵著冷，雙手叉在衣袋內，坐在樓階上凝視著我們走近。附近有兩名警察看顧著他。母親的眉頭這時才鬆了。她放開了我們的手，跑了上前。我和哥哥也跟著跑。走近了，母親連哭帶罵地問他到底去了哪兒，在幹甚麼，為何要丟下我們自己走開了。

他只平靜地說：「我一直在這裡等你們啊。」他扶著欄杆，拙手笨腳地站起身，然後說：「走吧，我想回家。」

這是他第一次說「我想回家」；第二次，是在他癌症復發，並到了末期的時候。

2014 年，因為長期抽菸，父親患上了鼻咽癌。幸運地，在接受電療和化療後，他總算跨過了這個難關。醫生

說，首兩年一定要好好休養（其實以後也要），如果短期內復發，那就難辦了。

沒想到，兩年後，命運真的如此捉弄我們一家。

父親的病患復發了。經過一連串的身體檢查後，公立醫院和私家醫院的醫生一致表示，他的病況十分嚴重，剩下的日子不多了。

母親希望父親可以「安享」餘生，所以不計花費，安排了他轉到私家醫院，住進獨立式的善終病房。有天，父親躺在病床上，以沙啞的聲線，沒氣沒力地跟我們說：「我想回家。」因為各類藥物的副作用和無法進食，缺乏營養的他已經變得瘦骨棱棱，比遇上車禍後的那段日子更為虛弱，生命的氣息猶如風中殘燭。

那時我十六歲了，略懂一點人情世故，總算稍為懂得關顧家人的感受（但叛逆期的我還是太懂得表達內心）。父親說出最後的願望後，我明知沒可能，卻安慰父親（同時安慰自己吧），說：「你一定可以的！只要病好了，我們就一起回家！」

最後，我們真的一起回家了。只是，跟母親、哥哥和我一起回家的，是父親的骨灰。

　　其實關於對父親的回憶，我在《我們總是無法好好說再見》書中也有用另一個角度和其他事件說過。如果連著一起看，你可能會更明白，我有多麼想念他。

　　再一次，父親的故事就說到這了。而這本書，也以此作結。

　　　　｜ 願時間善待我們的不期而遇 ＿＿＿＿＿＿

親愛的，比起陽光，
我覺得你更溫暖。

Soli Deo Gloria.

國家圖書館出版品預行編目（CIP）資料

願時間善待我們的不期而遇 / 台灣風景·你我相遇 崩井作
--初版--新北市：香港商亮光文化有限公司台灣分公司·2021.12
面；公分
ISBN 978-626-95445-0-9 / 978-626-95445-2-3（平裝）

855   110019398 / 110020483

願時間善待我們的
不期而遇

作者　　　崩井
出版　　　香港商亮光文化有限公司 台灣分公司
　　　　　Enlighten & Fish Ltd Taiwan Branch (HK)

社長　　　林慶儀
編輯　　　亮光文化編輯部
設計製作　亮光文創有限公司

地址　　　新北市新莊區中信街178號21樓之5
電話　　　（886）85228773
傳真　　　（886）85228771
電郵　　　info@enlightenfish.com.tw
網址　　　signer.com.hk
Facebook　www.facebook.com/TWenlightenfish

法律顧問　鄭德燕律師
出版日期　二〇二一年十二月初版

ISBN　　 978-626-95445-0-9（普通版）/ 978-626-95445-2-3（典藏版）
定價　　　NT$ 320元 / NT$ 420元